錦荔枝
的 滋味

洪淑昭 著

林玉麗、林姿君 校訂

CONTENTS

目　次

〔推薦序〕

從一封草衙寫來的信說起

李建復

　　三、四十年前，我常收到歌迷的來信，很遺憾的大多數都因為搬遷數次找不到了。但是我有另外特別收藏幾封，其中就有當年國中剛畢業的淑昭她寫給我的第一封信，因為她的文字與一般歌迷不同，文字中感受到用心誠懇，我一直留著。

　　在七年前，適逢民歌四十巡迴演唱會到高雄，當時在高雄駁二倉庫舉辦展覽及座談會活動，我在駁二倉庫散步熟悉場地的時候，原以為不會有人認出我來，沒想到，居然有一個人，遠遠的朝著我奔過來，說：「李建復！我是你的歌迷，我能和你照一張相嗎？」當她說她叫洪

淑昭時，我居然腦中出現的她三十幾年前信中的字跡。

三十幾年前的一封信，居然在二〇一五年的駁二倉庫巧遇而讓兩人回到從前，這是沒有過的經驗，對於我與淑昭都是有一個特別的緣分。

她說：「原來，只要勇於做夢，一直堅持，夢想總有一天是會實現的。就像是三十五年來，我一直夢想著能和李建復見面，最終，我們真的見面了！而小復哥，你還留著我那封信，這不是很不可思議嗎？」

用台語寫小說，這對在台北長大的我而言，簡直就是天方夜譚，但，我卻深信淑昭一定能做到。在臉書、在教育部語文競賽的指定朗讀篇目，淑昭的台文作品，早就深入許許多多人的心中，也被朗誦不下百遍。所以，當淑昭告訴我她完成了這五萬多字的台文小說《錦荔枝的滋味》，我一點也不意外。

一個人對一件夢想的信心堅強，堅持不懈，無論多少困難也不放棄，知道結果不一定如預期，但相信過程中的努力是最有價值的，現在有這種精神的人很少了，

淑昭是一位。

在一片政治正確的紅海中，看起來好多政策都在推廣台語，但是真正為維繫台語文化而努力是像淑昭的基層老師，由淑昭的小說當中，看到很多台語的文字，我不一定懂但是看得出一定都是有典故的，假如有人一面唸一面講典故，就是真的在發揚這個文化的美好精髓！

當然，不是台語掛的我看這本書是辛苦的，但是我一直覺得台語用聽的比要用讀得更有優美的感覺，很希望找幾位台語的配音專家來把這本書做成有聲書或廣播劇！這是發揚在地文化的絕佳契機。我後來知道她已經在做了，我這麼多年都在做有聲書的出版，希望有機會可以為淑昭發行有聲版的《錦荔枝的滋味》。

淑昭這兩年為了照顧老公的身體而心力交瘁，還要花心力寫小說，做廣播劇。只能說相信「天公攏會來疼戇人」！

＊本文作者李建復先生是校園民歌歌手、企業家。

〔推薦序〕

正台語氣的世情故事

鄭順聰

　　做囡仔時我捌收著一項好禮，機器人造形的小收音機，細細仔囥毋是彼款大組四角的，就毋免守佇桌仔邊矣。只要手蹄仔拎咧，耳機掛好，就通四界走四界聽，上合我這款嚓嚓趒的猴死囡仔的性。

　　彼時扙「上手」，我日也聽暝也聽，聽空中的主持人開講、放音樂、賣藥仔，嘛有新聞、講古、英文教學⋯⋯收音機的訊號毋是蓋好，指頭仔定定愛掰來掰去、轉這調頻閣走去彼頻率。

　　到尾，予我指頭仔放落，耳仔拋碇，規个人注神癮仙哥的，是廣播劇。

　　彼都上眠床關電火矣，隔轉工閣愛早早去到學校上課，我目睭是瞌牢咧，精神煞好甲睏袂去：掛吊廣播劇的女主角，毋知和男主角終其尾會做伙無？拄著意外這聲欲按怎？彼歹人予人足想欲共覕死！

　　廣播劇搬的大部分是「世情故事」，就是咱世間人佇家庭、愛情、社會、時代的浮浮沉沉，過程是真激場，袂輸暗頭仔八點檔，主角拄著的代誌煞是咱一般人攏會拄著的四常，有時開破人情世事，或共社會事理、禮俗和技藝的鋩角拆分明。

　　當然，聽眾上愛的，是全人類共體感受的喜怒哀樂。

　　猶會記得，彼時故事聽甲當精彩，聲波磅空的彼頭傳來沓沓滴滴的落雨聲，是遐爾仔真、遐爾仔擾人的心……傍這窸窸窣窣，予我對命運無定著，閣有對這世界的好玄，想甲無暝無日、無盡無磅。

　　尾後阮兜有電視，電動予我興甲袂離手，彼台收音機就毋知走佗位去矣。猶毋過，彼燒烙的聲說像火烌無

化，佇我心肝頭焐咧。

　　讀《錦荔枝的滋味》，予我細漢時的燒烙顯（hiánn）起來。內底的聲說，是一家伙仔踮厝裡嗤舞嗤呲，講日時做穡的累累碎碎，彼啥物人閣舞啥物譀代，那講那咧做手工趁外路仔。

　　這本拄拄好的小說，共咱台灣人佇新時代新徛起的儼硬和拍拚，寫甲一必一中。洪淑昭溫馴厚感的筆仔尾，共高雄新草衙彼跡的滄桑變化，寫甲真拄真，閣自這艱苦的所在出發，寫到一九七〇、八〇年代的高雄市中心——親像轉去咱台灣經濟拄起氣，樸實純真欲來轉晟，煞有汙染和衝踫隨時會來損蕩的年代。

　　是講，這兩代人的故事，有傳統禮俗和人情味的媠，嘛有現實和人性的惡。佮的吞忍和躊躇、鐵齒和實頭，看起來敢若無巧，那讀那會僥疑講是按怎做這悾戇代？事實上，咱愛共這句話記予牢：

　　誰人願意按呢洘烏抹油，過這款逐日和烏白無常相

閃身的日子。

　　洪淑昭的台語文確實是好，唸起來就是順閣純，毋但是錄做廣播劇的因端，這款生成講台語、底蒂拍甲在在，閣有台文訓練洗汰過的作者，就是理想的正範台文作家。你若欲學台灣話，無論斟酌冊內的台文，或予廣播劇過耳入心，愈濟擺愈好，台語就會順閣純，毋驚濫摻。

　　像這款台語做底的世情故事，出名的有《失聲畫眉》、《千江有水千江月》、《鹽田兒女》等名著，彼時真無彩，台文的標準化猶未到氣，閣免講用台語來寫作的意識。咱是真歡喜，就文字表記來講，《錦荔枝的滋味》是正港台灣款、純台文的小說，咱等遘久，佇這時才來完成出版。

　　麗君看伊騎的彼台五十仔，Suzuki的後座才一點仔囝爾，若是坐伊的車，兩人毋著愛倚足近？若按呢，家

己這粒跳甲強欲到嚨喉空的心，敢會就按呢就「輸輸去」。

雖然背景是艱苦底，咱通佇小說內看著心適和五仁，是字句嘛是風格。女主角面對愛情的無定著，心理的蹊蹺，閣有人生選擇的失覺察，敢若有某經典作家的影跡。你若讀予透，彼款到尾仔予人心肝底擽擽、強欲袂喘氣的鋪排，予我想著珍‧奧斯丁（Jane Austen），洪淑昭是絕對袂囉嗦、台語氣束結的Austen。

放《戀戀風塵》配樂來舒底，陳明章用一支二手的台灣琴，就共規齣電影和時代的氣味奏出來；焐《錦荔枝的滋味》的文字，心肝頭的燒烙顯起來，予咱來共人世間的向望焙光。

＊本文作者鄭順聰先生是撋筆的人。嘉義民雄人，中山大學中文系，台師大國文研究所畢業。近來的冊：

《台語心花開》、《我就欲來去》、《夜在路的盡頭挽髮》。作品閣有《時刻表》、《家工廠》、《海邊有夠熱情》、《晃遊地》、《基隆的氣味》、《黑白片中要大笑》、《台語好日子》、《大士爺厚火氣》、《仙化伯的烏金人生》。

〔自序〕

做夢的人

台文版

　　自細漢我就是一个愛做夢的人，尤其讀國中了後，去迷著民歌手李建復先生，我就不時夢著佮伊咧食飯，就若朋友全款，伊對我講誠濟鼓勵的話。

　　彼時，見若對同學講著這个夢，同學攏笑我，講：「伊遐爾仔有名，哪有可能來咱草衙佮你做朋友，閣佮你食飯？」雖罔同學按呢講，毋過，這个夢是彼時鬱悶的生活內底，唯一的一橛甘蔗頭，只要夢著，心內甜蜜的水泉，就會潰出無限的力量。

後來阮搬離開新草衙，生活嘛漸漸順序矣，煞料想袂到：杉池、五千宮、商展、清涼亭……早前的新草衙，遐的人、事、物，每一暝攏出現佇夢中，不時咧佮我的記持觸纏。

上捷夢著的，是彼年風颱來的大雨暝。

阮兜的厝尾頂早就予風搧無去矣，大雨直直灌入來，四界攏若水沖全款，阮四个姊弟仔就若親像予人拍生驚的魚仔，佇大雨當中拍翸、滾躘，一直咻、一直吼……見擺若夢到遮，我就會規身規重汗醒過來。

結婚了後，夢中的情景猶原會不時出現。先夫有幾若改去予我咧咻、咧吼的聲驚精神，後來伊知影我細漢的日子了後，就開始佇我陷眠的時，用伊溫柔的雙手共我安搭，只要經過伊的安搭，我就會一睏到天光，袂閣陷佇惡夢內底。

有一工透早，先夫誠好玄，問我講：「昨暝你是夢著啥？閣歡喜甲笑出聲！」我共夢中的情景講予伊聽，伊毋但無笑我，閣對我講：「這个夢定著有意義，你敢

有想欲完成？我支持你。」

彼一暝的夢境，到今猶是遐爾仔清楚：風颱做了後的天有夠清，閃爍的星，若璇石咧，掖佇新草蓆的巷仔口，我歡喜甲，欲喊阮的囡仔伴出來看。想袂到對巷仔頭走甲巷仔尾，煞揣無半个人。尾手，我看著李建復先生徛佇滿天星的巷仔口，對我講：「恭喜你。」

因為這个夢，我才有勇氣共細漢的代誌寫出來，〈巷仔內桂花芳〉得著一〇八年代教育部閩客語文學獎散文社會組的第一名；嘛是這个夢，才有《錦荔枝的滋味》的這部台語小說，現此時欲出版矣，雄雄感覺我有夠好運。

誠感謝有遮爾仔濟支持我做夢的人，尤其是先夫，無論我做的夢有偌爾仔譀古，伊全然支持我，所以，我欲用這本冊，獻予這个佇欲死進前，猶咧掛念我夢想的人──郭欽元先生。

華文版

　　從小我就是一個愛做夢的人，尤其上了國中之後迷上了民歌手李建復先生，經常夢到自己和他吃飯，就像朋友一樣，他對我說了許多鼓勵的話。

　　當時，我對同學說起這個夢，同學都笑我，說：「像他這麼有名，怎麼可能來草衙和妳做朋友，還和妳吃飯？」雖然同學這麼說，然而，這個夢是我當時苦悶的生活中唯一的希望，每每夢起，心中就會湧現無限的力量。

　　後來搬離開新草衙，生活也漸漸順利了，卻沒料到新草衙的人事物，那些小時候的杉池、五千宮、商展、清涼亭……夜夜出現在夢裡，與我的記憶糾纏著。

　　最常夢到的，是那年颱風來時的雨夜。

　　我家屋頂早被風吹走了，大雨不停的灌進來，四周圍就像瀑布一樣，我們四個姊弟就像驚嚇不已的魚一樣，在大雨當中不停翻滾、拍打，不停的哭喊……每夢

到此，我就會大汗淋漓地醒過來。

　　婚後，這樣的夢境依然不停出現，先夫好幾次被我夢中的驚呼嚇醒，後來得知我小時候的日子之後，每當我再次做惡夢，他就用他溫柔的雙手安撫我，只要經過他的安撫，我就會一覺到天亮，惡夢也不再出現。

　　有天清晨，先夫很好奇，問我說：「昨晚妳夢到什麼了？還開心得笑出聲來！」我將夢中的情景說給他聽，他非但沒笑我，還對我說：「這個夢必定有它的意義？你想完成什麼夢想嗎？我支持你。」

　　那夜的夢境，迄今仍是那麼的清楚：颱風過後的天無比清澈，像鑽石一閃一閃的星子，灑落在新草衙的巷子口，我是那麼的開心，呼喊著兒時玩伴一起出來看。然而，我街頭巷尾跑了好幾次，卻一個人都找不到。就在此時，只看到李建復站在滿空星斗的巷子口，對我說：「恭喜妳。」

　　因為這個夢，我才有勇氣提筆，把小時候的事寫出來，＜巷仔內桂花芳＞得到一○八年教育部閩客語文學

獎散文社會組的第一名；也是這個夢，才有了《錦荔枝的滋味》這部台語小說，現在要出版了，忽然覺得自己真是個幸運的人。

　　非常感謝這一路支持我做夢的人，尤其是先夫，無論我所做的夢有多麼的匪夷所思，他都全然支持，因此，我想以這本書，獻給這個在臨死前，仍關心著我夢想的先夫──郭欽元先生。

【起鼓】

「咚鏘、咚鏘、咚咚鏘咚鏘咚鏘……」

哈瑪星的玄靈宮對中秋暝開始，連做三工大戲，為著這三工的鬧熱，廟裡早就逐戶去抾丁錢，因為九天娘娘的聖誕千秋，是地方上的大代誌。

這時，壽山公園這籬圍仔的大大細細，逐家若毋是夯椅條，無就是攑椅頭仔，早早去廟埕占好位，戲棚頂都猶未起鼓咧，戲棚跤早就人滇滇滇，坐甲密朱朱矣。

遠遠聽著八音的聲，鬧熱滾滾，月仔若親像看會著佇榕仔跤的彼棚歌仔戲團，大紅的戲單面頂，將盈暗的戲文──《王寶釧苦守寒窯十八年》寫甲足四正，這齣是月仔上蓋愛看的戲文，早前佇民雄松仔跤做查某囡仔的

時，便若廟埕有做大戲，見搬著這齣，伊攏會看甲愣去。

月仔十九歲嫁義仔，對草地來高雄拍拚，無疑悟，錢猶未趁著咧，囡仔煞跤接跤來落塗，三冬拚兩个，全查某的。厝邊兜笑月仔是王寶釧看傷濟去，毋才註生娘娘欲來賜白花[1]的時，佇厝裡揣無人，才會予伊相連紲攏生查某的。

其實，生麗君的時陣，月仔的彼圈肚足尖的，逐家攏嘛講彼穩當是查埔的。月仔的心內嘛是按呢向望，因為伊知影，義仔是足希望頭上仔會當生查埔的，若按呢，就有理由轉去草地煠油飯矣。

可惜，註生娘娘賜予伊的是一蕊大紅花。

月仔知影家己生查某的，連紅嬰仔嘛無想欲看，規身軀的氣力若消風去，規个人軟膏膏。

1　民間傳說註生娘娘掌管生產事宜，嬰兒未出生時的精魂，在其照顧的花園內，男生是白花，女生則為紅花，若註生娘娘送白花，即代表日後得男嬰，若送紅花，則生女嬰。

　　麗君彼時是枵燥燥，紅嬰仔聲若貓仔咧叫，義仔提棉仔搵葡萄糖水予麗君欶，毋知是有通食抑是知影老爸咧抱，嬰仔目都猶未開咧，就會曉對老爸直直笑，予義仔原底有小可仔失望的心情，看著遮爾仔古錐的查某囡，心情雄雄變甲足樂暢，開喙對月仔安搭。

　　「人講頭上仔生查某的較好，會顧小弟小妹。這个囡仔我看誠巧，十肢指頭仔尖尖，無定著比查埔的較有出脫。」

　　「誠實按呢嘛無較縒，干焦是致蔭in翁爾！哎！生查某囡較輸種一欉肉豆。」

　　「你是咧操煩啥？加工區拄成立，女工欠甲，你閣驚以後伊大漢會趁無飯通好食？無定著日後上蓋有孝的是這个。」

　　過無偌久，月仔又閣大肚矣，義仔為著未出世的囡仔，暝日攏佇車行載貨，月仔無聊，就不時去揣嫁佇附近的大姊滿仔做伴。

　　欲生進前，拄好廟埕鬧熱咧做大戲，月仔揣一圈

肚，偝囝仔，和滿仔徛佇咧榕仔跤看戲，看甲連破水欲
生矣都毋知。

　　義仔知影了後，就共月仔罵甲臭頭。

　　彼當陣，月仔送去病院的時，義仔扛好去予警察仔
開單，彼條罰金，頭家講伊愛家己納，這予義仔的心情
齷齪甲。閣聽著月仔為著看戲，連欲生囝都毋知，予義
仔無所在敨的規腹火，全發對月仔遮來，全無帶念伊才
扛生爾爾，詈甲無一塊仔通好。

　　當然，這和彼工知影是生查某的予義仔失望嘛有關係。

　　自彼時開始，義仔就不准月仔閣去看戲。

　　人講：「嚴官府出厚賊。」義仔規工攏無佇厝，定
定予月仔嬰仔抱咧，囡仔偝咧，全款和滿仔相招去看戲。

　　今仔日若毋是欲搬離開遮，伊定著會綴滿仔偷偷仔
覷佇榕仔跤等起鼓。

　　講著月仔這个小妹，做大姊的滿仔，是毋甘甲！想
著月仔才二十捅歲仔爾，就已經是囡仔的老母矣，日後
若無家己來鬥跤手，這个小妹毋知敢應付會過袂？

「月仔！愛捷來相揣呢！來遮和阿姊行行坐坐咧，莫搬走就斷線去，知無。」

「做你放心啦！阮麗君猶佇遮予九天娘娘做契囝，八月十八定著愛來換豢。」

「恁麗君從出世就歹育飼，佳哉有九天娘娘護牢咧，頂逝娘娘起駕，講伊的命較清氣相，交代日後莫予伊看著喪的，按呢較袂厚囉嗦，你愛會記得呢！」

「好啦！我知！阿姊，你嘛愛定定來揣我喔！」

兩个姊妹仔都話無三句咧，車底的義仔就一直咧喝咻。

「月仔！你是講煞矣猶未？敢愛予恁去廟埕遐搬一齣仔十八相送？這台車八點進前就愛還人，草衙到哈瑪星來回愛點外鐘呢！你叫是搬物件攏免時間是毋？」

滿仔聽義仔聲嗽無蓋好，隨叫月仔緊上車，閣趁義仔無注意的時，偷偷仔捖兩百箍予伊，閣佇耳空邊輕輕仔交代。

「錢袋咧，咱查某人加減愛有一寡仔私奇，愛會記得，無論佮義仔的感情怎樣仔好，私奇錢的代誌，千萬

袂當予伊知。」

　　「是有欲行抑無？若無，你留踮遮和滿仔踮。」

　　「來矣啦！阿姊，阮欲來去矣！」

　　「有代誌做你轉來哈瑪星無要緊，義仔，你愛較顧伊咧，知無?!」

　　「放心啦，我查埔囝呢！敢會欺負恁小妹？來去！」

　　載無半車的家具佮行李，猶未三歲的麗君坐佇車內挂挂仔睏去，才度晬無偌久的如仔抱佇咧手裡，看義仔足堅定的表情，月仔想起昨暝義仔對家己所講的話。

　　「恁爸這世人定著欲拚一間厝通予眾人看！我已經允著鐵仔埕的頭路矣，聽講足濟人攏靠割鐵仔買幾若棟樓仔厝。做你放心，你綴的這个查埔人，是講會到做會到的查埔囝。」

　　想著這段話，月仔的心肝窟仔燒烙燒烙，看著愈來愈遠的旗後燈塔，漸漸戲棚頂的鑼鼓聲嘛聽無矣，對這馬開始，伊所會當倚靠的干焦眼前的這个人，in就欲佇彼搭從來都毋捌聽過的所在——新草衙，開始一家伙的生活矣。

【第一篈】看袂著日頭的歲月

（一）驚蟄的早起時

「轟！！」

「鈃～～～」

一个雷摃落來，亂鐘仔的聲隨綴咧霆，外口雷公爍爁，雨透甲，共才拄落眠無偌久的月仔，全然拍精神。

才四點半爾，毋過，誠實袂當閣睏矣！蝦仔間五點半欲開始做工課，蝦仔車五點就到位，若無較早去咧，欲有位通徛就誠僫囉！擎蝦仔這款工課大小漢攏聽好做，逐工蝦仔間都猶未開門咧，門跤口就一陣人佇遐等矣，毋才月仔逐日攏愛趕第一个去蝦仔間排隊。

　　這馬，外口咧透風落雨，這間破草厝嘛綴咧噴雨霎仔。

　　月仔in的後壁門早就關袂牢矣，義仔早前有提一塊柴枋园佇門後擋咧，今仔日無定著是風較透，這塊枋仔煞毋知予風搧對佗位去，雨毋才會一直灌入來灶跤。

　　佇澹漉漉的灶跤裡，月仔手面洗好，先煮一坩糜园佇電鍋內底保溫，菜櫥仔內园的猶是昨昏配賰的芹菜炒豆乾，等一下義仔若有轉來，至少猶有物通予砌腹，彼三个囡仔嘛有糜通度三頓。

　　灶跤的後壁門，伊用一節鉛線先共縛予牢，才閣共布袋仔苴佇咧塗跤，較免天光了後，這三个姊弟仔去予漉糊糜仔跙倒。

　　全款好勢了後，月仔翻頭看著猶咧睏的這三个囝，一時喉滇，差一點仔目屎就輾落來。

　　為著生活，月仔逐日透早天未光著愛出門，這馬若無兩份頭路輪咧做，厝裡哪有米通落鼎？姑不而將，只好共三歲半的志仔和五歲外的如仔，全交予麗君去顧。

　　麗君是年尾囡仔，滿七歲才有通入學。嘛佳哉伊免遮早入學，若無，親像這馬這款範勢，厝裡若無人鬥顧囡仔，像志仔猶遮幼豬，月仔哪有法度出去做工趁錢？這个家若是欲向望義仔提錢轉來過日子，彼是犀牛望月，一月望過一月。

　　月仔千思萬想就是想袂到，是怎樣仔好好的一個查埔人，煞來變做這款模樣？早前彼个拍拚的義仔咧？是走對佗位去咧？

　　猶會記得拄佇鐵仔埕咧割鐵仔的彼當陣，義仔逐日領的攏是現金，一工所趁比早前佇碼頭夯貨加欲甲雙倍。

　　義仔共全部的錢攏交予伊，對伊講：「咱囡仔猶細漢，你就踮厝顧囡仔就好，趁少年咱閣拚一个查埔的，閣過兩冬買一間厝來徛，以後咱的日子就會順序矣，這幾冬你愛較忍耐咧。」

　　月仔不時咧想，彼段拄有志仔的日子，竟然會是伊佇新草衛上蓋無煩無惱的時陣，因為綴佇後壁面的拖

磨，若毋是斷喙齒根，儼硬過日，欲按怎渡會過這一日過日一的烏暗咧？

　　有志仔彼當陣，是月仔自結婚以來，義仔上蓋疼伊的一段日子。

　　彼時，月仔病囥，逐項物件全食袂落去，較想嘛是彼一味，伊足想欲食飽水的荔枝。只不過，彼時就欲中秋節矣，是欲佗位揣有人賣荔枝咧？想袂到，義仔毋知去佗位揣著，嘛毋知開偌濟錢，終其尾，伊買一揹烏葉仔的荔枝轉來予月仔食。

　　這揹荔枝予月仔足感動，甜粅粅的滋味，予伊佇心內暗暗仔咒誓：無論日後欲過啥物款生活，伊欲綴義仔綴規世人，絕對袂離開伊。

　　無人料想會到，義仔會來變相。

　　莫講載鐵仔的車逝早就無走矣！連鐵仔埕的武雄仔來叫工，嘛捷揣無著人，月仔是一直到筊間的人來討數，才知影義仔跤輸誠濟錢去，已經簽幾若張本票咧佇筊間，連本帶利的筊數，早就毋是義仔佮月仔有法度解

決的金額。

　　頭起先，月仔驚笑間的人來共義仔斷跤斷手，只好鼻仔摸咧，轉去草地去共大伯仔壘錢來還數。

　　伊永遠會記得，大伯仔佇伊尻脊後所講的彼句「了然喔！」，若針鑿佇心肝窟仔，予月仔足疼足疼。

　　後來，月仔閣聽著美鳳仔轉去草地，將in嫂仔譬相義仔的話學予伊聽，這口氣予月仔哽佇咧嚨喉胿仔，按怎吞就是吞袂落去，就按呢，月仔喙齒根硬死咬牢咧，閣較歹度嘛毋願閣轉去哼予人笑。

　　自彼時了後，月仔就囡仔放咧，暝恰日做兩份頭路。

　　伊透早天未光就先去蝦仔間擘蝦仔，中晝煞工了後，才騎跤踏車去加工區做中班的工課，轉到厝通常是三更暝半，厝內的代誌，佳哉有麗君咧鬥做，若無，也欲內也欲外，月仔早就倒落去矣。

　　想到遮，月仔吐一下仔大氣。

　　麗君這个囡仔誠認份嘛蓋精光，厝邊頭尾攏呵咾伊

真gâu，講巷仔內全歲數的囡仔攏去幼稚園讀冊矣，干焦伊踮厝顧小弟小妹，閣會曉去討日誌紙來學寫字，別人ㄅㄆㄇㄈ都學猶未齊全的時，麗君就已經會曉讀冊。

春仔伊工才拄咧呵咾爾：「喔！恁麗君有夠天才，提報紙講欲替阮昆龍仔揣頭路，頭起先我叫是伊咧腫頷，後來才知影伊誠實捌字呢！傍著恁麗君的福氣，阮昆龍仔毋才有通揣著佇加工區駛交通車的頭路。」

月仔看麗君恬恬睏的模樣，心內實在是足安慰的。

雖然人人攏講家己是：「嫁著跛筊翁，勤勤儉儉無彩工。」毋過想想咧，天公伯仔猶是誠疼家己的，予伊有這个遮捌代誌的麗君，連第二查某囝如仔，才一粒仔囝爾爾，就知影欲替阿姊洗碗。

月仔瓜笠仔戴咧，巾仔包咧，今仔日猶一工貼貼愛無閒，伊袂當傷延延得，蝦仔車連鞭就欲來矣，若無緊出門就袂赴市矣。

（二）立夏的苦瓜封

人講：「立夏補老爸。」佇立夏這一工，新草衙的查某人，加減攏會燖一寡補，通共規日佇日頭跤煎、為家庭流汗流湃的查埔人，補一下仔氣力，嘛順紲替厝裡當咧大的囡仔，補一下仔喉空。

立夏了後，天氣會愈來愈熱，所以若欲補老爸，開脾健胃的四神燖豬腸湯，佇新草衙是上濟人燖來補的補品；若欲用青耆甘杞燖鱔魚，彼就愛較有淡薄仔錢的人，才食會起；毋過，若欲親像西藥房和仔in兜，用烘鰻仔魚來補元氣的，可能干焦俊生仔這款大頭家，才有法度。

月仔佮義仔拄搬來彼一冬，嘛有綴人做伙補。

月仔煮的是苦瓜封，因為義仔上愛食這項。

毋但是義仔爾，麗君嘛綴咧食甲哂哂叫，顛倒如仔無啥興趣，一啖著苦瓜味，隨就呸抷捔，予月仔佮義仔看甲足愛笑。

自從知影苦瓜封的滋味了後，麗君不時就會問義

仔：「阿爸！咱當時才閣欲食苦瓜封？」

　　義仔聽著攏笑笑仔應：「阿爸若有錢，免等立夏，隨時叫恁阿母煮來食。」

　　一年過去矣，又閣是立夏，毋過，麗君猶是等無阿爸所允伊的苦瓜封。

　　佇立夏的這一工透早，天欲光進前的光線，若像予烏洞吸入去仝款，四界暗眠摸，暗甲連頭前的路都看袂清楚。

　　佇烏暗中，義仔心狂火著，那行那走，凶凶狂狂的跤步，差一點仔就跋落鹹草塭仔去，佳哉，巷仔口賣豆奶的彼葩電火，將伊對塭仔墘的鬼門關摸倒轉來。

　　義仔愈想愈毋甘願的！明明昨昏去武雄仔遐的時，伊的氣是衝甲掠袂牢，毋但連莊幾若擺，閣不時咧自摸，東筊[2]的武雄仔講自伊看人拍麻雀到今，猶毋捌拄著像義仔遮好氣的。

2　指筊東，賭博的主場者或莊家，也就提供地方給賭客賭博的人。這個人不一定會參與賭博，每回贏家必須給筊東一定的費用。

　　贏筊的心情實在足暢的，義仔原底拍算彼四
tshiòng[3]奕煞就欲轉去睏矣，若毋是明仔，伊嘛袂輸甲
按呢心狂火著。

　　這時義仔當咧後悔：早知較早轉去睏就好矣！按呢就
免聽著明仔佇遐咧鼓舞，講啥物有肉跤佇鹹草塌仔的唔寮
咧損章，閣講章倌當咧爛[4]，若欲好額就愛緊綴伊去筶。

　　「一更窮，二更富，三更起大厝。」

　　就是明仔這三句話，予義仔佇武雄仔遮煞筊了後，
閣綴明仔去鹹草塌仔損章。

　　義仔愈想愈凝，是按怎看別人咧筶，人攏是逐注贏

3　玩麻將時以東南西北四家輪流做莊，一場麻將若遇莊家贏，則繼續
　　做莊，稱之為連莊，若輸就換下家做莊，待東南西北四家輪流做過
　　莊過後，這就稱為一tshiòng，一tshiòng的時間，長短不定，端看莊
　　家賭運及實力而決定。

4　章倌指的是天九牌做莊的人，「章倌當咧爛」，指的是天九牌莊家
　　氣運正差，每賭必輸。

的；換伊來筊，內場煞就開始旺？共所有的錢咬咬去。

義仔原本咧想，伊只要共彼个肉跤欶來的錢，贏兩三摺、只要兩三摺就好，伊就會當買厝矣！伊早前割鐵仔、走車載貨佮這站仔贏筊儉落來的錢，若閣贏兩三摺，所有的錢，買一間俊生仔所起的販厝來徛，應該是有夠額矣！

若毋是月仔咧欲生矣，義仔嘛袂遮爾仔趕欲買厝。

義仔早就足想欲有一个後生，伊想欲予這个後生，佇家己的厝裡大漢，伊欲逐頓用牛奶來共伊飼，飼予膨皮膨皮，轉去草地睨油飯的時陣，才有面子。

千算萬算毋值天一劃，才無三點鐘久，義仔就將挂才贏來的錢，全部予彼个肉跤咬咬去，閣共明仔借的彼幾萬現金嘛全輸了了。

莫怪義仔會強欲起痟，俊生仔遐二樓三的販厝，價數嘛才四十外萬爾，輸遐濟，伊無想辦法去平本[5]哪會使。

---

5 就是翻本的意思。賭徒在賭輸時會想盡辦法借錢翻本，台語叫平本，或是平轉來。

　　義仔傱轉到厝，看著月仔徛佇門跤口咧貓貓相，隨就開喙共伊討錢。

　　「你遐猶偌濟錢？」

　　「今仔日厝主欲來提厝稅，若扣掉，厝裡猶有欲成萬箍。」

　　「你總提來予我。」

　　「你欲創啥？彼是今仔日欲納的會仔錢，若總予你，會仔錢欲佗位生？」

　　「先予我，中晝進前我會加倍還你。」

　　「袂當啦，這是欲納會仔錢的，袂當予你。阿義，咱這陣會仔納煞莫閣綴矣敢好？這利息是懸甲予我會驚，若毋是你講欲買厝，姑不而將共會仔寫落來，無，這死會納著實在是有夠艱苦的。」

　　「你錢予我！等我平轉來了後，咱連鞭就有錢通買樓仔厝蹛矣。」

　　「啥！你去跋筊！你是去食著好膽藥仔是毋？莫去啦！」

「你有夠實頭，敢無聽人講：馬無野草袂肥，人無
橫財袂富。割鐵仔是欲割甲當時才會好額？你都毋知昨
昏我佮武雄仔遐，有贏偌濟錢咧。」

「有贏是按怎閣欲轉來提錢？」

「這講起來話頭長。莫閣囉嗦矣！緊！緊予我！傷
延，等人散場代誌就大條矣！」

「毋啦！我毋予你！萬一你若輸去欲按怎？」

「你這个破格查某！開喙合喙就講輸，叫恁爸是欲
按怎贏筊？錢予我！」

「錢我毋予你！我嘛無欲予你閣去，等一下人武雄
仔就欲來叫工矣，你閣去跋，哪趕會赴通轉來？」

「今仔日我若無提著錢，莫講武雄仔，就算是天公
伯仔來叫，我嘛無欲去鐵仔埕！姦！錢攏恁爸趁的，煞
予恁母仔囝食夠夠，連欲提都無法度！姦！」

義仔看著月仔揹一圈肚，攬彼兩个予伊吵精神的查
某囝做伙哭，門口閣圍一陣看鬧熱的厝邊，伊的規腹火
就全部夯夯起來。

　　敢毋是？自結婚到今，伊敢捌予in母仔囝食過苦？若毋是伊逐工佇鐵仔埕割鐵仔，in母仔囝敢有通遮好食睏？

　　佇日頭跤趷趵烏踏塗，這款搖搖幌幌的日子，伊敢袂驚？若毋是欲予in較好過，高雄現此時全全頭路，敢著愛過這款提心吊膽的日子？

　　啥人毋知跋筊無穩贏，毋過，若是氣較好咧，一暝贏的比去鐵仔埕規個月趁的閣較濟，伊去跋敢毋是為著這个家？

　　這馬煞予in母仔囝演這齣苦齣予厝邊頭尾的人笑，毋知伊有偌爾仔酷刑全款，害伊規个面子卸了了。

　　「哭！哭！哭！恁爸是去予鐵枋硩死？抑是去予爆炸磅甲碎骨分屍？姦！恁爸猶未死咧啦！免佇遐哭爸哭母。」

　　這時佇門跤口看鬧熱的人愈圍愈濟，來叫工的武雄仔看袂落去，就出喙共義仔罵。

　　「你嘛較站節咧！欲咒讖家己嘛毋免連阮都拖拖落

去！講話無禁無忌！查埔囝較有氣魄咧！威風免佇查某人面頭前展啦！行啦！靠跤袂好額啦！綴我去鐵仔埕較實在。」

義仔聽著武雄仔按呢講，只好鼻仔摸咧，綴伊準備欲去鐵仔埕。

拄行出門的時，月仔共飯包佮白滾水全款好勢交予伊。

伊牢佇面框的目屎早就拭焦，賭一下笑容對義仔講：「今仔日立夏，下晡你若工課做煞愛較緊轉來，暗頓有你愛食的苦瓜封喔！」

拄學講話的阿如仔嘛用臭奶呆的囡仔聲講：「阿爸較早轉來！」

干焦麗君掠義仔金金看，一句話攏無講，若親像知影伊心肝內的按算。

阿義有淡薄仔心虛，跔落來問麗君講：「苦瓜封你毋是嘛誠愛食？今仔日恁阿母煮這項，你敢有歡喜？」

麗君大大下頷頭，講：「阿爸你愛較早轉來，咱才

做伙食。」

（三）寒露的日頭光

　　毋知是啥原因，今年中秋了後的風，特別寒，天嘛
烏著特別緊，猶未六點，規厝間就暗趖趖，看袂著東西
南北。

　　武雄仔上慼烏，所以伊一踏入客廳，隨就共電火點
予著。

　　電火一下光，武雄仔看著後生建菁仔覆佇咧食飯桌
咧睏，佇伊的邊仔，猶有幾若本參考冊佮簿仔紙。

　　免想嘛知，建菁仔定著是屈佇遮讀冊寫功課，嘛毋
知有偌爾仔忝咧，才會連伊電火點著都毋知通醒。

　　武雄仔家私园咧，隨去提一領裘仔來共建菁仔幔
咧。

　　「這个囡仔干焦知讀冊，覆佇廳頭按呢睏，若去寒
著伊就知苦。」

　　武雄仔共建菁仔的簿仔紙提起來掀，看伊逐逝字攏

寫甲足四正，莫怪貿頭的俊生仔定定會笑伊講：「恁建菁仔，誠實是：歹竹出好筍喔！」。

建菁仔現在讀國小五年仔爾，伊的一手字，就婿甲予人會觸舌，提轉來的獎狀，貼甲規曆間，若壁紙咧，予伊這个做老爸的不止仔奢颺！

俊生仔毋但一擺對伊講：「若阮良仔有恁建菁的一半，我定著會佇五千宮倩一棚仔大戲，來答謝王爺公有靈有聖。」

俊生仔的頭生甲遐尖，逐日攏嘛咧攄錢空，哪有時間通顧in兜彼四個囝咧？尤其，伊閣會牽查某，予in某錦雀仔規工綴伊綴牢牢，曆內冷鼎冷灶，不時嘛兩百三百擲咧，叫囡仔家己出去食外口。

連食都按呢矣！莫講閣欲教囝，俊生仔in兜彼四個囡仔，早就予in翁仔某放牛食草，四界溜溜去矣。

良仔是俊生仔in兜的尾仔囝，閣是錦雀仔的糖霜丸，從細漢就孽甲無所不至，定定予曆邊頭尾投袂煞。

　　錦雀仔因為寵倖良仔，便若有人來投，就會用錢去安搭，有時俊生仔想欲教示，錦雀仔閣會占，講：「捷罵袂聽，捷拍袂疼，等伊大漢就會較捌代誌！用拍的用罵的攏毋是辦法啦！」

　　想袂到，良仔讀冊了後更加嚴重，若毋是冤家相拍，無，就是損破學校的玻璃，俊生仔才會不時予老師請去學校「啉茶」。

　　武雄仔聽建菁仔轉來咧學，講俊生仔便若有去學校，攏會提一枝篐仔予老師，閣對老師講：「阮良仔若無乖，老師你盡量共撲無要緊，莫拍死就好。」

　　武雄仔想到遮，感覺誠愛笑！人老師才無欲替伊氣身惱命咧！若用撲的教會乖，老師的籐條毋知比伊的篐仔粗幾倍去，哪著閣請伊專工去學校一逝？

　　平平讀全班，in 建菁仔就伶俐濟咧！逐冬攏予老師選來做班長，是全年級排頭名的模範學生。

　　建菁仔讀冊毋但免人教，閣無師自通，會曉歕烏

笛仔[6]，予學校選入去管樂隊。

　　愛知影，彼个年代會當加入管樂隊的，齊是醫生抑是老師的囝，從細漢栽培的才有法度。會當予人選去管樂隊，是比著愛國獎券閣較風神的一件代誌。

　　毋但是按呢爾，義仔彼口灶拄搬來的彼幾冬，有一站仔佮武雄仔行足近，建菁仔是孤囝較無伴，所以義仔來的時，in兜的麗君定定會綴來佮建菁仔耍。彼時，建菁仔才讀國校一年仔，伊就會曉教人讀冊，伊教麗君讀冊寫字，閣教甲誠有範勢。

　　嘛是自彼時，義仔才會定定來遮拍麻雀，才會去捌著明仔，從此綴伊佇筊間跋甲毋知通回頭。

　　武雄仔並毋是一个愛跋筊的人，會呼人來厝裡拍麻雀，主要是因為叫的遐的跤仔，有幾若个誠愛奕麻雀，若去外口佮生份人奕，有糾紛無打緊，上驚的是會跋甲毋知通煞，予伊隔轉工叫無人去鐵仔埕。

6　指單簧管。

佇伊遮拍麻雀，毋但輸贏有限，有家己鎮牢咧，較袂有糾紛，極加予in拍四tshiòng，隔轉工猶閣會當正常綴伊去鐵仔埕割鐵仔。

若無，咧叫無工人，予鐵仔埕的工課無人去做，伊對俊生仔就袂交代得矣！

俊生仔毋但一改共伊吩咐，講碼頭的租金是算日的，若去延著，租金是會驚死人；而且，現此時全世界攏咧欠鐵料，工人愈濟，拆落來的料材就愈濟，時機欲踏就是趁這陣，若是武雄仔叫無工，就是欲佮伊做對頭。

講來，武雄仔佮俊生仔閣是結拜兄弟。武雄仔拄對草地來的時，佇碼頭夯貨，俊生仔佮伊誠有話講，後來聽俊生仔的苦勸，規家伙仔綴伊搬來新草衙這箍圍仔蹛。

俊生仔的頭殼較好，伊鼻著拆船業咧欲起磅的時機，就將庄跤的三分田賣掉，開始貿進口商的廢船，佇大仁宮的鐵仔埕，開始做拆船的頭路，武雄仔就是彼時

予招來替伊叫工的。

才偌久爾，俊生仔的錢就趁甲油洗洗，毋但佇五甲買幾若間樓仔厝，閣俗人投資佇草街起販厝，賣予親像武雄仔這款的出外人。

佇這幾冬，來草街蹛的人愈來愈濟，厝嘛愈起愈濟，會蹛佇這个所在，並毋是因為遮的風水較好，是因為這搭的厝價和厝稅比別位俗欲一半較加，而且閣近加工區、漁港俗碼頭，蹛佇遮較好揣頭路。

彼當陣武雄仔就是看著這款形，毋才會鼓舞換帖的義仔綴伊去鐵仔埕割鐵仔。若是彼工伊欲綴明仔去罟寮的笈窟，伊有去共伊擋，無定著這馬義仔彼口灶就袂遮悲情矣。

這馬，就算武雄仔有心欲做菩薩，嘛無才調度義仔這口灶出地獄。

佇鐵仔埕割鐵仔，工錢雖然比做老師的濟幾若倍，閣逐日領現金，予外口人看著誠欣羨；毋過，武雄仔心內蓋清楚，若是有通做老師，誰人願意按呢滒烏抹油、

過這款逐日和烏白無常相閃身的日子？

　　武雄仔看著建菁仔睏甲足落眠的面框，心內實在是足安慰的。

　　伊甘願別人笑伊是：「歹竹出好筍」，嘛毋願建菁仔日後行這途。

　　鐵仔埕這款一出門就毋知敢有通轉來的日子，愈過，武雄仔的心內是愈驚，伊干焦希望建菁仔莫親像伊全款，逐日咧拖磨。伊向望建菁仔會當直直讀起去，未來若有出擢，叫武雄仔規世人做牛拖，伊嘛歡喜甘願。

　　武雄仔對家己大聲講：「滿室的烏暗哪有要緊！有電火就有光，我有建菁仔，未來就有希望。」

（四）小寒的油湯擔

　　入冬了後的暗暝實在有夠長！已經早起六點外仔外矣，天猶烏暗甲，予俊生仔手裡提的手電仔，從昨暝到今攏無關，嘛佳哉有這葩手電仔火，若無，頭拄仔彼隻佇巷仔口賴賴趖的狗仔囝，定著會去予伊踏死。

「米粉炒來大盤的，伫遮食。」

春仔的油湯擔已經袂少人矣，俊生仔看有位，就緊坐落來。

「Hioh！誠久無看著矣！大頭家哪有閒通來？」

春仔那講那鉸一盤米粉，淋寡肉燥、囥寡豆菜，加一點仔芫荽了後，就交予查某囝雅惠捀出去予俊生仔食。

「啊就昨昏……輪著……顧暝……咳！咳！」

俊生仔枵甲大腸告小腸，米粉提咧，大喙細喙那哺那講，煞哽胿，差一點仔就袂喘氣，直直嗽。

「食遐雄是欲創啥啦！米粉也無人佮你搶，我嘛袂趕人客啊！你免生狂，沓沓仔食！」

看著俊生仔這款形，春仔隨捀一碗豬血湯過去。

「我也無點……咳！咳！！這項啊！」

「啉啦！這碗我請。」

一聽著春仔講這碗是欲請伊的，俊生仔隨大大喙共啉落去，規个人才快活淡薄爾，就開始扴瘖話矣。

「春仔的豬血湯實在無話講！尤其是免錢的，特別好食！」

「你阿舍呢！連這點仔零星錢你也欲省！」

「Hmh？這俊生仔就著啊！哪會遮罕行？你毋是買佇五甲，搬誠久去矣，踞樓仔厝的人，哪會行來到遮？阮低厝仔遮的米粉炒，你猶看會上目喔？」

昆龍仔捧一盤米粉炒佮一碗豬血湯，坐佇俊生仔的面頭前，一開喙剾洗的話就予俊生仔規个面攏皺去。

「春仔，你豬血湯是鹽摻傷濟去是毋？若無，恁昆龍仔的話哪會遮鹹？」

「恁若欲答喙鼓，去邊仔啦！」

春仔手插胳，目睭睨對俊生仔遮來。

「傷好款！閣會拉天！你這碗豬血湯，錢照算！」

伊的目尾閣捽對昆龍仔遐去。

「你嘛莫家己面的無肉，怨妒人的大尻川。」

「我敢講了有重耽？這款看懸無看低的人，閣會來咱遮行踏，絕對是有目的啦……」

昆龍仔是驚某驚甲出名的人，予春仔按呢當面共黜臭，心內雖然袂爽，嘛毋敢傷hìnn-hainn，只好鼻仔摸咧，那食那踅踅唸。

「你是咧踅踅唸啥？抑毋緊孝孤煞通好出門矣！拍拽涼就有錢通趁是毋？」

春仔無愛昆龍仔佮俊生仔這款笑面虎呸痰呸瀾，所以就趕伊緊去上班。

其實，昆龍仔講的話，一點仔都無膨風，俊生仔這个人，春仔嘛知知咧，只不過，這个油湯擔若欲扞會在，春仔就愛會曉食四面風講五色話；而且，好歹在心裡，喙脣皮相款待，in昆龍仔就是一條腸仔迵尻川，毋才定定去食著鹹，到今個性猶是未改。

春仔看俊生仔三喙做兩喙扒的模樣，敢若監囚咧！若毋是熟似欲誠十冬矣，看著這號形，絕對想袂到眼前這个杇鬼竟然會是三間鐵工廠、兩間建設公司的大頭家。

靠拆船起家的俊生仔，早就佇五甲買幾若間樓仔

厝，搬出去了後，就誠罕得行轉來草徛。伊若來，全是有代誌才會行跤到，親像頂逝來咧賣販厝，這遍為著欲選里長。若毋是有目的，伊這款哪有可能來草徛佮人巡邏、顧更？

春仔見若看著俊生仔，心內就會怨嘆天公伯仔誠無公平！像伊這款食銅食鐵的人，哪會相連紲賜予伊趁大錢的好機會？而且，閣是對做工仔人的身軀頂，剾落來的艱苦錢咧？

這一切攏愛對「賽洛瑪」風颱來講起。

佇「賽洛瑪」風颱來進前，蹛佇草徛的低厝仔，攏是用柴枋仔、竹管仔或者是塗墼清彩搭搭咧爾，家己烏白起，嘛毋知這地是啥人的，橫直度一工算一工，艱苦人哪有選擇的機會？有一片瓦通遮風避雨，就聽好偷笑矣。

想袂到這个風颱的風雨，大甲予人叫毋敢，草徛有一半厝攏予這个風颱搧走去，毋但誠濟人受傷無家可歸，閣有人去予吹落來的鉛鉼損甲死死昏昏去。

　　就是遮爾恐怖的經驗，予俊生仔佇草衙起第一批販厝的時，只要有淡薄仔錢的人，攏嘛相爭去買；後來第二批、第三批的販厝紲接落去起，伊請歌舞團的小姐，佇五千宮的廟埕四界鼓舞人來買厝。有錢用現金落定，無錢的嘛四界去借錢，遮的工人一期一期納出去的厝款，予俊生仔的錢水，若前鎮河飽流，濟甲強欲溢出來。

　　這時有一寡較精光的，知影愛去地政事務所查地籍，無查無打緊，一查才知驚，原來俊生仔所起的厝，土地全是政府的。

　　當買厝的人去問俊生仔的時，伊閣硬諍講：「草衙這箍圍仔的地，是前鎮河累積出來的沙仔地，是無主的，本成就是先占的先贏。」

　　像武雄仔這款買第一批已經入厝的，當然希望俊生仔所講的是真的；第二批、第三批厝款納一半較加去的人，嘛無希望退的錢全烏有去，所以，足濟人聯合起來陳情，四界去拜託，講：既然生米已經煮成飯矣，希望

政府會當就地合法，予出外人有一片瓦通徛。

就地合法？這毋是一層簡單的代誌！就親像政府想欲拆新草衙的違建戶，嘛毋是親像外地人所想的遐爾簡單。

話閣講轉來，彼時，昆龍仔看著誠濟厝邊攏去共俊生仔買厝，伊的心內嘛擽擽。而且，俊生仔不時咧鼓舞伊，講，若欲買跤手就愛較猛咧！現金若無夠，會當予伊分期付款，利息講算兩分就好。

春仔一聽著俊生仔按呢講，隨跳起來！

「兩分的利息？是著抑毋著?!銀行貸款的利嘛才分外爾，差欲甲一半？」

「咱連有資格替咱做保的人都揣無，銀行哪有可能借錢予咱買厝？」

「俊生仔這个人，一支喙，糊瘰瘰。伊起的厝，我毋敢買！等咱儉有，才來去五甲買較實在，你千萬毋通予伊謅去，知無？」

毋就好哩佳哉，彼時春仔將錢搤甲足絚，予昆龍仔

想欲買就是無法度，若無，這馬欲哭無目屎的，逐工綴人四界去吼予人聽的，可能就是伊矣！

　　講嘛咧奇怪，前一站仔，毋知敢是著災？草衙磕袂著就有火燒厝，燒的時間敢若親像有去探聽過仝款，若毋是齊出去做工課的時間，無，就是三更暝半，見若火燒，一燒就是燒規排的。

　　報紙大大標題所寫的「新草衙的無名火」，佇這个油湯擔，春仔嘛有聽著人咧會。

　　有的人講是有匪諜覘佇咧草衙，放火燒厝只是信號，欲內應外合，予阿共仔對允棟橋遮攻過來；嘛捌聽講是天罡壇佮五千宮的角頭咧捭拚，毋願輸的老大的，叫下跤手人過來報仇的；上濟人咧臆的，是看著草衙違建的問題歹解決，有大官虎想欲用這款無天良的方式，來趕這篷愈集愈濟的違建戶。

　　用火燒厝來解決違建的問題，這款講法佇愈倚欲選舉的時陣，就愈濟人相信，嘛予武雄仔愈來愈歹叫工，因為每一个人攏驚家己若出門，轉來，厝就無去矣！

　　後來，武雄仔看毋是勢，就決定合同五千宮這附近的巷仔，組織巡邏隊，二十四點鐘來顧更。眾人決定，家家戶戶攏派一个男丁出來，兩个人一組，一見四點鐘，暝日攏提柴棍仔四界巡，若搪著有較生份、或者是龜龜鱉鱉的人，隨就共縛起來送第七分局。

　　拄開始巡邏的時，確實有搦著幾若个可疑的人物，毋過送去第七分局無偌久，就全部攏放放出來矣，講是無犯法的證據，袂當拘留。

　　武雄仔因為按呢，去得失著幾若个角頭，和俊生仔嘛差一點仔拆破面。

　　俊生仔彼時拄宣布講欲選里長，轉來草衙拜票的時，攏好禮甲予人起雞母皮，伊看著武雄仔遮積極咧組織巡邏隊，叫是伊嘛欲出來選，予伊氣掣掣走來嚷武雄仔。

　　春仔佇油湯擔不時聽俊生仔咧罵武雄仔，若毋是講伊：「掯籃仔假燒金」，無，就是講：武雄仔是「桌頂食飯，桌跤放屎」的彼款人。總講一句，俊生仔講武雄

仔會出頭，就是無顧著兄弟仔情，欲揣伊做對頭、拍擂台。

　　見若聽著這款話，春仔就會替武雄仔感覺誠毋值！

　　親像武雄仔這款古意閣重情的人，為著俊生仔欲選里長，替伊走傱、佝伊甲到，閣予這號人講甲遮歹聽，誠實是好心去予雷唚。

　　「春仔！你是咧想啥想甲遮慇神？叫你找錢，你攏無欲應我！我叫是你欲共我討チップ⁷」

　　俊生仔提一張青色的一百箍佇春仔的面頭前幌來幌去，笑頭笑面的模樣，予春仔真正足想欲對伊的頭殼共敆落去。

　　「チップ？你叫是阮遮是茶店仔是毋？五十提去！趕緊轉去洗喙啦！」

　　春仔誠罕得趕人客，毋過連伊這款歐巴桑，俊生仔

7　日語當中的小費。

也欲詼，這予伊誠實袂忍得。而且，今仔日猶誠濟穡頭愛做，伊欲緊賣賣咧，好通去二苓收菜頭。

逐年這個時陣，種菜頭的寬仔攏會喊伊去共鬥收，除了拍工錢予伊，閣會予伊三四布袋袂交人得的穧材。

對春仔來講，這款菜頭穧罔穧，洗洗咧曝予焦皮，才閣用鹽、糖、豆醬仔豉豉咧貯醃缸，等到冬節若到就聽好通賣，逐冬攏足搶市，賣甲攏無賰。有這醃缸的菜頭，就會當買兩三隻仔雞，來共信榮仔、信輝仔佮雅惠這三個當咧大的囡仔好好仔補一下。

伊才無愛共家己的時間，佮這款顧人怨的跤數，繼續觸纏落去。

「阿母！我欲去學校矣！。」

「好！你緊去，無，會遲到！」

看雅惠用傱的趕去學校的背影，春仔感覺足安慰的。

錢搵豆油也袂食得，像俊生仔按呢敢有啥物好？較輸伊有這三個捌代誌的囡仔，有家己猶有通趁食的這雙手。

（五）冬節的西藥房

「恁起來矣未？敢會使開店矣？」

才五點外，碧玉綴阿母佇灶跤咧無閒烳圓仔，西藥房彼頭就有人來拍門。

看阿母行袂開跤，碧玉就行過去開門，探頭看著外口猶暗眠摸，巷仔口春仔都猶未出來賣炒米粉，連甲一个人影都無。

忽然間，有一个面仔黃黃的人，雄蓋蓋傱入來講欲買射筒。

插插伊是啥人，碧玉連看嘛無想欲共看，就對屜仔內底提一枝塑膠射筒园佇藥櫥仔頂懸。

彼个人园五箍銀佇桌頂，物件提咧就傱出去矣。

等伊前跤一走，碧玉就隨共鐵門搝落來。

「是啥人來挵門？」

和仔行入來灶跤，十五燭的電火泡仔，共足仔這兩个母仔囝的形影照甲誠藝術，伊看著查某囝碧玉規个面

膨獅獅，知影拄才定著是伊去開門，就紲喙共伊問。

「買射筒的啦！」

碧玉仔又閣咧使性地。

「定定予這種揤壁鬼來捭門，緊縒慢我會予in驚死。阿爸！咱是當時才欲搬離開遮？」

「咱都蹛好好，你哪磕袂著就吵講欲搬厝。」

「啥物蹛好好？你攏毋知外口的人攏按怎看我！」

「今仔日是冬節呢！閣按呢無禁無忌，一透早就嚷甲遮大聲！厝蓋強欲予你掀去？你嘛著體諒恁阿爸的苦衷！」

大年大節，足仔實在無愛碧玉仔遮爾大細聲，就輕輕仔苦勸！

「有啥物苦衷？伊都有才調送阿兄去日本讀冊矣！敢無法度搬離開遮？我知啦！恁重男輕女，攏較疼阿兄！未來我若不幸，一切攏恁害的啦！」

看著碧玉仔性地又閣夯起來，目屎流目屎滴的模樣，真正有夠拍觸衰！若毋是看在今仔日是冬節，驚歹

吉兆，和仔誠實足想欲共伊搧落去。

若欲講伊大細心，和仔實在是誠枉屈！

大漢囝耀賢，人是家己有才情，從讀十一中的時陣就是全校第一名，保送雄中了後，讀兩冬就有法度考牢大學。

後來耀賢雄中的導師來厝裡鼓舞，講學校欲推薦伊去日本讀大學，閣是醫學院，和仔這个做人老爸的人，敢毋免四界去想辦法？就算是借錢、寫會仔，嘛著愛送這个後生去留學。

碧玉仔就無全矣！袂曉讀冊無打緊，送伊去補習煞隨交一个男朋友，予伊俗足仔煩惱甲欲死。

佳哉，後來是彼个查埔硬欲俗碧玉仔扯，聽講是來揣碧玉仔的時，有看著人來藥房買射筒，驚甲毋敢俗伊做朋友，閣對外烏白講和仔的西藥房咧賣毒品。

這層代誌予碧玉仔毋敢閣毛朋友來厝裡，定定守佇咧房間仔內，絕對袂行入來西藥房，閣毋但一擺吵伊愛搬厝，不時講伊重男輕女，全然無顧慮著伊的感受。

　　講著欲搬離開新草衙，和仔才無愛咧！錢額毋是問題，是伊毋甘願這間用錢買的厝，予政府講是違建，閣不時嚇講欲來拆。

　　彼時欲買，和仔嘛有去探聽過，眾人攏講這是前鎮河的出海地，是無主的，所以俊生仔有才調將厝起佇遐。

　　新草衙有遮爾仔濟人佇遮蹛遐久，政府哪會使烏白拆？「違建」？這毋是清彩喝喝咧就準算的。

　　和仔對草地紮來高雄的錢，是爸母賣一塊田才窮出來的，是欲予伊佇高雄起家的。若毋是遮的厝較俗，伊哪有才調買厝閣開西藥房，逐日生理興旺，趁錢若趁水咧？

　　嘛毋知是草衙的地理好，抑是這所在的人不時咧艱苦病疼，和仔的西藥房自開到今，來買藥仔的人毋捌斷過。

　　萬金油、「沙龍巴斯」、猴標六神丹這三項逐日攏著進貨；有一站仔有人用鐵牛運功散咧泡米酒啉，講會

治內傷，所以一工會當賣成百罐。

　　講來講去，猶是止疼的感冒藥水上好銷，來買的人攏是夯規箱的。

　　和仔的西藥房生理就是遮爾仔好，毋才予伊有才調佇十冬內，共爸仔母賣掉的彼塊田閣共買轉來。

　　現此時，和仔規家伙仔蹛佇這間起家厝已經十外冬去矣，伊的生理佮朋友攏佇遮，哪是碧玉仔清彩亂兩句仔，就會當叫伊來搬厝徙位咧？

　　閣再講，這馬俊生仔欲替蹛佇草厝的人，向政府爭取「就地讓售」，欲予逐个所蹛的厝，免驚有一日政府會來拆。

　　俊生佇草厝設一个辦事處，閣倩一位阿妹仔咧替伊接電話，接受陳情書。有人講俊生仔會按呢做，是因為里長選無牢，閣毋甘願輸，規氣舞予較大齣咧，將草厝的議題提來做伊的政見，按算欲選國大代表。

　　毋管這款風聲是真抑是假，橫直有人欲替新草厝的人出頭，和仔就會伨伊到底。

　　和仔寄付袂少錢予俊生仔選舉做運動，暗時若食飽，閣會走去俊生仔的辦事處泡茶開講，武雄仔、昆龍仔佮一寡仔厝邊，見若講著「就地讓售」這件代誌，攏嘛七仔較興八仔，逐家攏講甲喙角全泡，感覺誠有拚。

　　這馬欲叫伊搬離開遮，閣去另外揣所在蹛，伊哪會甘願？哪會願意？

　　和仔愈想是愈幌頭，最後猶是入去浴間仔，共一條面布搵澹閣捘予焦，提予碧玉仔拭一下仔面，才沓沓仔共伊安搭。

　　「明年歇熱，等你高中考了，就予你佮恁阿母去日本揣恁阿兄迌迌，這馬，你較忍耐咧敢好？」

　　「哼！你攏嘛按呢騙我！橫直，以後絕對袂當閣叫我去顧西藥房！我無愛閣和來買射筒的人接接矣！若無，我欲離家出走。」

　　和仔了解碧玉仔的感受，毋過，碧玉仔煞按怎嘛無法度理解，是按怎伊欲賣射筒予遐的人咧？

　　因為和仔知影，來買的人毋是為著麻醉家己，是為

著生活。

　　逐日無做就無通食的人，規身軀的疼痛，若無用藥仔來止一下疼，哪有才調出門去做工？驚注射的，就買止疼藥水來啉，一啉三四罐，是誠四常的代誌。

　　明仔載的氣力，除了這款的止疼藥，敢講神明會下凡來賜仙丹，替遮的艱苦人攢便便？

　　在和仔看來，in用的藥物內底，到底有啥物予人剁袂離的成份，伊學醫學的敢會毋知？毋過，辛苦病疼嘛愛行的日子，就算伊無賣，in嘛會走去別間藥房買，這是足明顯的代誌。

　　啥人欲叫這陣人無錢去倚公會、保勞保，若破病就愛去看醫生，行一逝醫生館，一工所趁的就會全烏有去。

　　所以，去西藥房買藥仔食，是多數新草衙的人對付病疼的方式。這款無醫生的診斷，家己烏白食藥仔的結果，就是足濟人致著肝炎、肝硬化佮腰子病。

　　親像海仔，伊逐日啉甲醉茫茫，面仔黃phi-phi，

腹肚若有身六個月的模樣,和仔知影,伊的肝定著有出問題。

所以,便若海仔來買射筒,和仔就會好心勸若伊去病院檢查。只不過,海仔對和仔毋但無感謝,閣共伊詈甲誠歹聽。

公親變事主,和仔是啞口的砛死囝,有話無地講。

「你是咧想啥?毋著緊來點香拜拜。」

牽手足仔早就共拜公媽的物件全款好勢,伊和碧玉仔徛做伙,若姊妹仔咧,溫馴的笑容予和仔看甲足貼心。

人講:「買田愛揀好田底,娶某愛揀好娘嬭。」和仔看牽手嫁伊二十冬猶是遮爾仔賢慧,碧玉仔以後應該是袂穤甲對佗位去才著。

三欉香,三个人,佇冬節的西藥房內底,和仔一面食圓仔湯,一面想著佇日本的耀賢,對天公伯的安排,感覺心滿意足

（六）送神的炮仔聲

　　人講：「送神早，接神晏。」所以子時十一點開始，遠遠的炮仔聲，相敆相接，無偌久，美鳳仔蹛的這條巷仔嘛綴咧ping-ping迸迸，鬧熱tshih-tshih矣！

　　睏佇頂層的嘉真早就毋知睏甲第幾殿去，連窗仔外的炮仔聲都吵伊袂醒，鼾的聲，若親像咧佮炮仔聲比大聲的，煞予美鳳仔聽甲會愛笑，嘛予伊規工無閒到今的疲勞，全部消無去。

　　伊坐佇椅條小歇一下仔喘，越頭看著另外彼間房的電火猶咧著，免想嘛知嘉雄閣咧讀冊。

　　今仔日海仔猶算有體諒，早早就去睏矣！毋但無唅甲醉茫茫，嘛無烏白花in母仔囝，嘉真毋才有通好好仔睏，嘉雄閣會當靜落來專心讀冊，嘛予伊有法度將欲二三十斗浸好的秫米，挨做粿漿，囥佇米袋仔內，一袋一袋笞水予焦。

　　美鳳仔猶會記得彼年的冬節，伊全款無閒咧挨秫米

漿、笿粿秫，準備欲做人來注文的高麗菜包佮圓仔秫。

　　彼暝，海仔毋知去佗啉燒酒，一轉來就摔椅頓桌，共全部當咧笿水的米袋仔全部抔出去，湆甲全全塗，予美鳳仔欲哭無目屎。

　　「姦！你這个孝男面！恁爸知知咧，你苦袂得我緊死死咧，好通予你討契兄！姦恁娘咧臭膣屄！」

　　海仔相連紲十幾分鐘攏是罵這款聽袂入耳的歹聽話，終其尾，美鳳仔猶是忍袂牢開喙共應。

　　「按呢罵我，你敢會較暢？」

　　「你免激彼款可憐代予我看！恁爸行到佗都予人笑講我無路用！佗一个是你的契兄公？講！你全講講出來！我欲去共刮刮予死！姦！卸世卸眾！恁爸是踢著恁兜的金斗甕仔是毋，娶著你這款破格查某！姦恁娘咧臭膣屄！」

　　海仔毋但謷姦撟爾，規桌頂的茶甌、碗盤佮酒矸仔齊予伊提來摔、提來攑，嘉雄倚過來想欲維護美鳳仔，想袂到煞予海仔抔出去的酒矸仔攑著頭殼，流誠濟血。

看著流血流滴的嘉雄，美鳳仔實在忍袂落去矣！氣甲傱入去灶跤，提菜刀出來對海仔大聲嚷。

「規氣你將阮母仔囝攏刣刣予死好矣！較免一日到暗予你按呢躁躂！」

海仔無定著是去予美鳳仔提菜刀出來驚著，嘛無的確看著嘉雄流遐濟血，心內不安，後來伊歪歪倒倒幹入去房間仔內，無偌久就聽著伊呹鼾的聲，無閣亂落去。

彼當陣，美鳳仔急甲，嘉雄揹咧就緊去閘計程車，趕到病院的時，嘉雄因為血流傷濟，險仔無救，是美鳳仔硬抽欲七百CC的血，才共嘉雄救轉來。

嘉雄醒過來的時，看著規個面白蒼蒼的美鳳仔，規身軀無氣力，問伊講：「阿母，咱這款日子是欲到當時才會煞？」

美鳳仔嘛誠想欲問天公伯仔仝款的問題，若毋是這兩个囡仔猶幼呰，需要一個阿母來晟養，伊早就想欲一條草索仔吊吊予死。

這款看袂盡磅的烏暗，就親像彼一年的冬節，天光

若親像永遠袂來，三个母仔囝就佇病院的急救站，攬咧流規暝的目屎。

講起來，美鳳仔上蓋感激的人就是春仔，彼擺嘉雄蹛院的錢，全是春仔先墊予伊的，而且，閣替伊先共來注文的圓仔粞佮高麗菜包做予人。

美鳳仔的信用若毋是彼時有春仔替伊顧牢咧，這个粿擔早就佇海仔的酒痀內底，全部烏有去矣。

這幾冬，美鳳仔粿擔的生理是愈做愈好。

草衙人雖然離開故鄉誠濟冬矣，毋過，過年過節猶是佮較早佇庄跤的時全款，逐冬攏會拜託美鳳仔替in炊粿來拜拜。

美鳳仔的好手路毋是干焦按呢爾，伊灌的煙腸口味誠特殊，予人食一擺就牢咧矣！

「你是有摻嗎啡是毋？無食閣會想喔！」

來買的人客攏按呢講，予美鳳仔年節仔的粿擔，毋但粿路的生理好甲沖沖滾，伊的煙腸佮伊豉的王梨豆醬仔，欲買就愛照排列。

逐工美鳳仔都無閒甲強強欲反過，毋過伊誠儆硬，逐个人攏講，伊佮月仔是全草衙上蓋韌命的兩个查某人。

送神了後一直到過年的這段日子，是美鳳仔大無閒的時陣。

美鳳仔坐佇椅條，聽著嘉真鼾去的聲，看著嘉雄認真咧讀冊的背影，心內咧想：「好哩佳哉，今仔日事先有叫麗君來鬥相共，若無，恐驚到今米漿猶閣咧挨嘛無的確。」

美鳳仔險仔袂記得，伊有準備煙腸欲予麗君提轉去煮，想袂到一坐落來，見想攏想遮過去的代誌。

當當美鳳仔行入去灶跤的時，才看著麗君蝹佇咧壁邊，猶未轉去，一粒頭佇遐踅來踅去，強強欲睏去的形。

美鳳仔共麗君的肩胛頭小可仔搭一下，閣對竹篙頂提二揹當咧曝的煙腸落來，揣一張新聞紙包包咧，翻頭對麗君吩咐。

「看這二、三十斗猶咧硞水的粿漿，明仔載的糕頭一定誠硬篤，尤其這甜粿咧炊閣偲，明仔早起你愛來鬥

跤手，若無，恁阿桑會做甲歪腰。」

　　麗君去予美鳳仔叫精神了後，徛佇壁邊，頭仔犁犁，感覺歹勢歹勢，喙內敢若含一粒滷卵仝款，一句話含咧糊咧，仙講都講袂完全。

　　看伊這款模樣，美鳳仔已經臆出麗君想欲講啥矣！伊對圍軀裙的囊袋仔內底，撽八張紅色十箍的紙票出來，順勢將報紙包好的煙腸交予麗君。

　　「這你提轉去煮予如仔佮志仔食。這工錢是你今仔日趁的，提予好勢！毋通去予落去。做你放心，你若有來共阿桑鬥相共，阿桑會予你工資。」

　　「阿桑，我毋是這个意思啦！」麗君規个面紅記記，講：「我聽阿母講阮阿爸有共阿桑借袂少錢，我是想欲趁歇寒來鬥相共，算是替阮阿爸還一寡仔利息。」

　　「你才幾歲爾，哪會遮捌代誌！阿桑叫你來，毋是欲叫你來做拄數的，我是想講你才十外歲爾，連欲去加工區做囡仔工予人倩嘛無法度，來我遮加減趁一寡所費，過年買一領新衫來穿嘛好。」

「阿桑……我毋知這錢敢通提？」

「戀囡仔！緊！緊轉去睏！明仔載猶愛無閒規工，無歇睏哪有氣力通做。」

苦勸誠久，誠無簡單才予麗君共彼八十箍收落來，美鳳仔看伊離開的背影，心內不止仔感慨。

麗君、嘉真佮春仔in兜的雅惠，三个人平濟歲閣讀全班。若欲論真講起來，麗君的生日較倚年尾，比雅惠佮嘉真較細漢淡薄仔，毋過，三个人若徛做伙，人攏會講麗君加誠熟，若大姊咧。美鳳仔佮春仔知影in三个人感情誠好，所以便若有煮較腥臊，就會揣理由叫麗君炁小弟小妹過來做伙食。

雖然海仔定定會按呢啉、按呢亂，予嘉真佮嘉雄精神上誠痛苦，毋過，這間厝至少猶有伊扦牢咧，海仔嘛無四界欠人規身軀負債，日子閣較歹度，上無嘛有三頓燒。

麗君in兜就無仝矣！

人講：「貧在街頭無人問，富在深山有遠親。」自從義仔四界欠人錢，債主逐日侵門踏戶來欲討數，予一

寡原底猶捌行跤到的親情，後來看著麗君in姊弟仔就若看著鬼全款，會當閃就閃，會當避就避。

世情的冷暖，予麗君感受誠深，所以從彼時開始，麗君in姊弟仔就算是枵飢失頓，無飯通食，嘛無想欲去麻煩別人。

聽講捌有社會局的人來訪視，想欲救濟in，想袂到月仔足硬氣，對in姊弟仔講：「食好食穤咱家己知，免予人來可憐咱。」

美鳳仔自做查某囡仔就捌月仔矣，敢會毋知自尊是伊唯一的財產？所以，伊就用另外一款方式，叫麗君來鬥相共，順紲呼in姊弟仔佮嘉雄、嘉真做伙食飯。

講嘛誠奇怪，便若麗君in姊弟仔有過來食飯，海仔就較袂起酒痟，就算有啉，嘛會撙節。

嘉真毋但一擺對美鳳仔講：「阿母，你規氣叫麗君逐日來，阿爸無定著按呢就來改酒嘛無的確。」

「阿母的穡頭也毋是逐工遮濟啊！麗君佮in母仔全款硬氣，無工課通做，伊袂來啦！」

「你放心！我來共講，伊上聽我的話。」

嘛毋知嘉真是按怎對麗君講的，橫直只要美鳳仔叫，麗君就會過來鬥相共。

頭兩遍的工課較輕可，美鳳仔無打錢予伊，干焦留in姊弟仔食三頓，閣款一寡魚魚肉肉予伊紮轉去。美鳳仔誆麗君講是拜拜買傷濟，食袂去，叫伊提轉去鬥食。

會按呢做，主要是麗君的自尊心傷強，提錢予伊驚會共拍生驚；另外一方面，伊嘛毋知愛拍偌濟錢予伊才合理，傷少傷濟攏會傷著厝邊兜的感情。

「人咧做，天咧看。」

天公伯仔定著是有看著的，敢是？若無，佇送神的這跤兜，下暗的一切哪會遮圓滿？毋但予麗君將錢收落來，閣予嘉真、嘉雄佮伊家己，平安順序將工課攏做煞。

美鳳仔相信，天公定著會疼戇人，伊佮月仔為著家庭遮爾拖磨，戇戇仔做過一冬閣一冬，廳頭的神明逐年轉去天庭的時，加減會講予上帝公聽的。伊相信明年海仔佮義仔，定著會對萬底深坑沓沓仔行出來的。

【第二葩】發穎旋藤的錦荔枝

（一）幼穎

「啊！」

又閣是規身軀重汗醒過來矣！若毋是這聲，這時的麗君猶陷佇咧夢境當中。

就若親像五千宮廟埕咧放的電影，佇薄縭絲的光線內底，麗君干焦看著烏白人影來來去去，一齣過一齣，搬的攏是細漢蹛佇無尾巷的記持。

對驚螫搬到送神，對家己的曆演去到嘉真in兜，前前後後的時間錯亂，予麗君煞有淡薄仔分袂清，到底佗一个是真？佗一个是夢？

「阿姊，這馬幾點啊？你是又閣陷眠矣！是毋？」

如仔目睭沙微，那接那問。

「咧欲五點矣！我先起來煮早頓款便當，你閣睏一下，六點半才叫你起來。」

「阿姊，你定定按呢陷眠，敢會是身體有各樣？我今仔日買藥仔轉來予你食，敢好？」

「陷眠就愛買藥仔食？都毋是無彩人的錢講！」

「阿姊……」

如仔目睭瞌瞌，嗾嘛毋知咧喃啥，看起來是又閣眠去矣！

麗君看著倒佇眠床勾做一丸的小妹，心肝內全全是虧欠的心情。

若毋是家己，如仔嘛毋免去讀彼建教班，予伊規个國三的生活，攏予紡織廠的紗仔機占牢咧，閣愛揀重橫橫的紗仔車；就算欲去加工區揣頭路，如仔嘛猶會當加讀一冬的冊，等畢業才去允輕可的電子工廠。

這一切攏是家己無才調考牢師專才來造成的。

自細漢麗君上大的向望就是國中畢業會當去讀師專，以後通好做老師教冊趁錢。

知影麗君會讀冊，月仔就不時對伊講：「你會讀著愛盡量讀，以後才有好頭路，莫親像阿母做一個青盲牛，一世人著拖才趁有通食。」

對散凶家庭的囡仔來講，若欲讀冊，國中畢業就會當考的師專，會當講是上蓋好的選擇，因為只要考會牢，讀師專彼五冬，食、蹛佮註冊費毋但全部攏免錢，逐個月猶有所費通領，出業了後閣保證有頭路。

彼當陣考師專是足競爭的，尤其彼冬拄好是師專的尾幫車，麗君雖然讀甲誠拚勢，放榜了後煞干焦是備取的爾，落尾猶是吊袂著車尾。

這个結果，予麗君偷偷仔覕佇棉襀被內底吼誠久，因為伊知影，師專考無牢就是將伊讀冊的這條路拍斷去矣！

其實，麗君干焦是師專考無牢爾，伊相連紲考牢雄女、高雄工專佮雄商，予規條巷仔的人攏講：「義仔in

麗君哪會遮才情！」

　　只是講，麗君知影，就算是考閣較好，除了讀免錢的師專，牢閣較好的學校，攏是予阿母加負擔的爾。

　　會記得高中欲報到進前，國中的導師已經來厝裡行幾若逝矣，講全校欲成千个的學生才七个考牢雄女，叫麗君一定愛去讀，千萬毋通白白拍損讀雄女的機會。

　　只不過，麗君是真清楚：讀雄女，未來就一定愛考大學，毋過，一冬所錄取的大學生，占所有的考生無到一成，想欲考會牢敢有遐簡單？就算考會牢，以後讀大學的錢又閣愛按佗位來？

　　這條路按怎想就是行袂通，麗君毋才會看破，去拜託昆龍伯仔in兜的雅惠替伊允頭路。

　　雅惠是麗君的查某囝仔伴，國中猶袂畢業，加工區的電子公司早就等伊欲上線囉！佇麗君猶咧拚聯考的時，人雅惠早就提第一改的薪水轉去厝，予昆龍伯仔歡喜甲四界去煬予人聽。

　　聽伊講雅惠咧做的彼間公司是美國人開的，福利毋

但好，薪水閣比別間公司較懸，三節有賞金閣有禮品，若是公司有趁錢，逐季猶有獎金通好分。

雅惠聽著麗君嘛想欲去電子公司的時，伊一喙就隨共應落來。

「做你放心！我來去和阮領班講，像你遮爾仔骨力，絕對無問題的啦！」

一直佇邊仔恬恬聽的如仔，無講無呾雄雄出聲。

「阿姊！你哪會無想欲繼續讀，煞欲去做工？」

「啥物做工？人阮是作業員！有椅仔通坐閣有冷氣通吹，這佮做工哪有仝款？」

雅惠聽如仔按呢講，目尾隨對伊睨睨過去。

「都毋是你講的遮的問題！我是講，阮阿姊會讀冊，煞無欲去讀，按呢敢袂傷無彩？」

「高中三冬、大學四冬，頭仔尾仔加加咧，若欲閣讀冊，著愛等七冬才有法度趁錢，你敢毋知恁阿姊？伊是毋甘恁阿母拖磨，毋才會做這款決定！你閣講講遮有的無的，予伊艱苦。」

「阿姊，若是為著錢的代誌，你免煩惱啦！」

「免煩惱？你敢知影阿爸又閣偷起一陣會仔？聽阿母講這陣會仔錢阿爸早就全輸了去矣！綴會仔的攏咱厝邊，敢毋免擔起來？現此時咱欠人遐濟錢，哪會當免煩惱？」

「你放心，我已經共學校報名欲參加建教合作班矣！歇熱過了後，等我升過三年的，就會當透早讀冊，下晡去工廠實習！阮老師講，只要去實習就有錢通領矣！」

「建教班？彼毋是忝甲欲死的紡織廠?!」

聽著如仔講欲去建教班，麗君隨喝出來。

「阿姊，橫直我國中畢業就決定欲去加工區食頭路，早一冬去就早一冬趁錢，紡織廠忝是忝，毋過薪水比電子公司濟欲甲兩倍，所以，我才會叫你免為著錢煩惱啦！」

「烏矸仔貯豆油！我攏毋知你如仔遮硬插！彼紡織廠的工課遐重，你才一粒仔子爾爾，敢毋驚？」

聽雅惠按呢講，如仔感覺伊誠實予人看甲誠扁。

「驚驚袂著等啦！番椒仔若會蒞，一粒仔子就夠力！放心啦！我百面做會牢的！」

彼下晡，如仔和雅惠兩个人就按呢，輪流佇麗君的耳空邊苦勸、開破。

麗君當然想欲繼續讀落去，毋過，雅惠講了嘛有影，若讀雄女，以後欲面對的就是閣愛等七冬，就算有如仔願意分伻阿母的擔頭，七冬的經濟壓力想來仝款是會誠重。

麗君的心就若親像韆鞦仝款，幌來幌去，煞毋知欲按怎較好，最後猶是如仔殘殘共決落去。

「無，阿姊，我看你去讀雄商，極加三冬就會當趁錢矣！上無嘛會當做會計，薪資定著比你這馬去做女工較懸。」

「啥物女工？是作業員！」

雅惠聽袂得人講伊做工，隨共如仔黜臭。

「是！是！是！你是作業員，我才是欲去紡織廠的女工！」

「人咧講：一枝草一點露。咱冊讀無就愛較認份咧！恁阿姊佮咱較無全，無閣讀起去確實誠無彩。」

「愛認份的人是我才著！雅惠，我想，我猶是綴你去加工區做作業員！」

「阿姊！你哪會講袂伸捙咧?!我就講，錢的代誌你免操煩啦！」

就佇這三个人講無結果的時陣，月仔開門行入來房間，共麗君佮如仔攬足牢、足牢。伊的面框澹澹，無人知影這是做工袂赴拭的汗，抑是目屎拭無焦的痕跡…

「恁姊妹仔做恁好好仔讀冊就好，知無?!錢的代誌，阿母才來想辦法。」

「阿母，我是真正對讀冊無興趣，硬坐佇教室嘛無意思，較輸予我去讀建教班，這是我家己欲的，和你佮阿姊攏無關係！」如仔誠堅持。

「阿母，我佮雅惠有伴，阮兩个會當互相照顧，你免煩惱啦！」麗君是按呢講。

「義嬸仔！扛才恁如仔叫麗君去讀雄商，我是感覺

比佮我去電子公司較好，毋過，伊碏碏講欲綴我去做工，我嘛毋知敢愛替伊允這个頭路抑毋免。」雅惠嘛來咧鬥一跤。

月仔看這兩个個性全然無全的查某囝，伊有滿腹的毋甘佮安慰，心肝內滿滿的感動，目屎就按呢忍袂牢，直直輾落來。

「阿姊，攏是你啦！你無欲繼續讀，予阿母傷心。」

「如仔，是你才著！無代無誌講欲去讀建教班，你叫阿母敢袂煩惱？」

「恁攏莫冤矣！攏是阿母無路用！才著予恁為著錢來犧牲。」

「阿母，你莫傷心！好！我就聽阿如的話，去讀雄商，以後我會好好仔讀冊，未來一定會趁閣較濟錢轉來。」

麗君佇月仔的目屎佮如仔堅定的態度之下，終其尾決定去讀雄商。

因為麗君錄取的分數誠懸，佇拆榜的時，選著國際貿易科，聽隔壁西藥房的和伯仔講，這是高職的第一志

願，未來出業的頭路毋但較好揣，薪資嘛比一般做會計的閣較懸。

看起來讀這科確實有前途，予麗君猶未去讀就苦袂得會當趕緊畢業，趕緊揣著錢較濟的頭路，通好分伨阿母身軀頂的重擔。

今仔日是欲去雄商讀冊的頭一日，麗君昨暝攏睏無啥會落眠，拄才眠無偌久，煞去夢著細漢蹛佇無尾巷的日子，這到底是啥物吉兆？予伊愈想愈奇，想甲差一點仔袂記得愛出門。

「阿姊欲趕頭幫車，愛出門矣！如仔！碗愛會記得洗！志仔！你較早放學，愛會記得洗米落去，菜等阿姊轉來才煮，恁的便當攏愛會記得紮！知無?!」

麗君共家己的碗箸囥入去水槽仔內底，雄雄佇後壁的溝仔邊，看著阿母用來漚肥的糞堆內底，竟然有幾若欉青青的幼穎發出來，和拄探頭的日頭光相借問。

「無錯，彼一定是好吉兆！是天公伯仔欲予我的啟示！」

　　麗君心內的勇氣，若水泉，一直濆出來。伊共便當园入去冊包，用充滿希望的跤步，行向欲通往學校的公車站。

（二）襉葉

　　麗君凶凶狂狂徙到位的時，十二號公車拄好停佇媽祖港橋咧等青紅燈。

　　好哩佳哉！若是這幫坐無著，等一下彼幫車，著愛佮遐的雄中、雄女的學生keh做伙，只要想著這款情景，麗君的心內就不止仔齷齪。

　　總算是有趕著車幫！

　　麗君共司機鉸好的月票园入去冊包了後，上車揣著位坐落來，就共目睭放瞇瞇，享受對窗仔外吹入來的風。

　　這幫十二號的公車，對小港的青島站發車，經過二苓、佛公、舊草衙、新草衙了後，對中山路斡出去，就直直到火車頭，袂閣彎入去別的社區矣。

　　新草衙的囡仔，除了家己騎跤踏車、抑是予厝裡的

人載，若無，所有讀高中、高職的學生，攏愛坐這幫十
二號的公車出草衙。

　　除了讀雄中的學生會當直透坐到學校，讀其他學校
的學生攏愛盤車，像麗君讀的是雄商，伊著愛佇五福路
落車，閣坐七十七號的公車，才會當到位。

　　麗君現此時目睭瞌瞌，毋過，伊從來就毋驚會坐過
站。

　　經過三個月的通學，伊只要憑著氣味佮身軀轉踅的
感覺，就知影公車已經駛到佗位矣！

　　臭水溝仔味若出現，連鞭公車就欲經過臨港線載貨
的鐵枝路；若欶著鑿鼻的塑膠味佮硫酸錏的化學味，停
落來的這站就是勞工公園；身軀一下仔敧向東爿來，一
下仔敧對西爿去，這就表示三多路的圓環仔到位囉！

　　佇三多路圓環的中央，有一身騎馬的大頭尪仔，早
前新草衙的囡仔攏會風聲講：這仙大頭尪仔半暝仔會騎
馬四界走，天光若袂赴轉來，這个所在就會空空看無影
跡。

　　所以見若公車駛到遮，麗君就會共目睭裼開，掠這身尪仔像金金看。是講，麗君已經看三個外月去矣，這身尪仔像不動如山，從來就毋捌有啥物變化。

　　過圓環了後，閣過三站就到扶輪公園，也就是大統百貨公司這一站，十二號仔佇遮會停較久，因為有規半車的查某囡仔攏會佇遮落車。

　　佇這站落車的查某囡仔，穿的雖然攏是百襇的烏裙配國民領的白衫，等的嘛是全款是七十七號的公車，猶毋過，一過中山路的青紅燈，一陣向南，一陣向北，兩陣查某囡仔就會佇五福路，徛相對向，向無仝的方向等車。

　　欲對愛河彼爿去的學生，揹的是紅冊包，讀的是雄女；欲對文化中心彼頭去的，in揹的冊包是青色的，而且閣會揹一个算盤袋仔，讀的是雄商。

　　因為麗君坐的這幫是頭幫車，所以，今仔日佇遮落車的人，干焦伊一个人爾。

　　伊行過中山路的青紅燈了後，無閣繼續對文化彼爿行去，煞徛佇大統百貨公司遮直直相，看甲有淡薄仔踅

神、踅神。

　　眼前的這間百貨公司，會當講是高雄上蓋出名的地景，無論是穿插時行的假人，或者是通光的流籠，攏咧向高雄人展示伊的氣派佮流行。

　　尤其是十樓尾的空中兒童樂園，是所有草衙囡仔的夢想，逐擺過年領著拜年錢，厝邊頭尾的囡仔就會相招，規陣坐公車去大統耍「搖滾樂」、「空中飛車」，轉來閣會品誠久。

　　可惜，麗君一直到讀雄商進前，從來就毋捌綴人來遮耍，因為就算是過年，厝裡全款散甲欲予鬼掠去，是欲哪有冗剩錢通好予囡仔拜年？

　　「是按怎細漢會連做夢就想欲來的大統，這馬煞變做是我心內一直迄袂過的一个坎？」

　　麗君佇心內按呢問家己。

　　伊永遠會記得來學校的頭一工。

　　猶會記得彼日的透早，麗君並無趕著頭幫車，毋知是因為彼幾欉拄發穎的苦瓜栽延著伊的跤步，或者是過

重的心情予伊行袂緊氣，等行到前鎮國中彼站的時，已
經有誠濟雄中、雄女的學生佇遐排列咧等車矣。

　　排佇這堆顯目的學生內底，麗君感覺家己就若親像
冊包面頂的彼个印記──一隻從毋知路的無頭鳥，孤鳥
插人群，有夠孤單，有夠見笑。

　　尤其是等欲盤車的時陣，看著對面彼陣雄女的學
生，麗君的心肝窟仔就若親像有一枝針，不時咧搝、咧
鑿，一直到彼當陣，伊才感受著家己：原來心內對彼跤
紅冊包的向望，是遮爾仔強烈、毋願放！

　　為著無欲予後悔的心情一直浮起來，麗君隨下決心無
欲閣等落去，用家己的雙跤，三步做兩步行，那行那走，
將心內的後悔佮向望，全抨佇尻川後的大統百貨公司。

　　自彼工開始，麗君天袂光就起床，避開上濟雄中雄
女生等車的所在，加行十分鐘久，過第七分局了後，才
閣斡去五甲頭前的媽祖港橋彼站坐車。

　　伊嘛無閣再盤車，逐工行二十外分的路程去學校，
除了省這段路的公車票，上蓋主要的原因，猶是無想欲

予開學彼工的礙虐，重新出現一改。

　　放學的時陣，麗君嘛是全款，一下課就隨趄欲轉去。

　　講起來，雄商下課的時間比一般的高中較早半點鐘，學校的用意是欲將這半點鐘留予同學自由運用，看欲留佇學校練習拍字或者是撨算盤，若想欲考二專或者是考公職的同學，嘛會當利用這半點鐘的時間，坐車去補習班。

　　毋過，對多數的學生來講，這加出來的半點鐘，是佮朋友食物件、交換消息的寶貴時間。所以，佇雄商附近的冰店佮飲料店，逐工下晡四點半過了後，差不多全予學生仔坐甲滇滇，逐家那食那開講，毋但是掠枵止喉焦爾，欲交朋友嘛是愛趁這陣。

　　拄開學的時，猶不時有同學會招麗君做伙去食物件，只是，伊攏回講愛緊轉去煮飯；漸漸，來招伊的人愈來愈少，久了後，所有同學攏有家己的朋友，就無人閣來招伊矣。

　　麗君知影按呢會交無朋友，不而過，只要想著阿母

佮小妹做工做甲遐爾仔忝，家己煞佇外口咧匪類，心內的罪惡感就不時浮出來。

麗君甘願家己交無朋友，嘛無欲予家己的心受譴責……

「阿君仔！你徛佇大統徛遮爾仔久，店就猶未開咧，你是欲買衫喔？」

共麗君的心緒對遠遠的所在搝轉來的，是班長吳美雲的聲。

「買三？我閣欲買四咧！」

「若無，你愣佇遮是咧想啥？」

麗君干焦笑笑，並無應伊。

吳美雲對冊包內底提一張批出來，講：「予你臆看覓，這張批是啥人寫的？」

麗君其實一點仔都袂好玄，應講：「你按呢問我，我毋著愛去跋桮？」

「是雄中的陳嘉雄寫的喔！你毋是捌伊？伊講，欲招咱這班去大埤湖烘肉。」

「伊不過是阮厝邊爾，平常時仔都罕得咧講話，哪有算捌！」

「毋過，佇四校幹部聯合訓練的時，伊有主動來揣我，閣叫我以後愛好好仔照顧你。你老實講！恁是啥物關係？」

「青燈矣！緊行啦！」

麗君無想欲起這个話頭，就三跤從做兩跤，跤步愈行愈緊，無一睏仔就共吳美雲遠遠擲咧後壁。

「等我一下，你行遐緊是欲創啥啦！」

吳美雲逐甲怦怦喘，誠無簡單才逐著麗君的跤步。

「好啦！我莫佮你滾耍笑矣！講正經的，這改烘肉你敢會去？」

「我有代誌！」

「我就知！見擺我若問你，你攏按呢應。你看！從開學到今，咱這班的活動你佗一擺有去？更加免講一下課你就走甲無影跡，同學攏講你誠苛頭，無欲佮人交插。」

看麗君一句話都無應伊，吳美雲有淡薄仔無奈。

「我先踏話頭！這擺你定著愛參加！若無，我對人袂交代得。」

「我欲去毋去，佮人有啥底代？是按怎閣愛你負責？」

「人拄才彼張批內底有寫，指名愛你參加，你閣講恁無啥物交情！」

聽著吳美雲按呢講，麗君忍袂牢，白仁強欲睨對後擴去。

「無聊！學校到矣啦！」

兩个人一行入去學校，隨就有人傱過來揣吳美雲開講，這兩个人比手劃刀，講甲歡頭喜面。

麗君徛佇遠遠的所在，心內知影，吳美雲定著會佮人話東話西講袂煞，就無想欲等伊，繼續行向上尾棟的教室去。

吳美雲看麗君愈行愈遠，就大大聲喝講：「阿君仔！咱就按呢講定矣喔！我會回批佮伊講，你會去！」

吳美雲的這幾句話，予麗君的面紅對耳仔根去。

伊心內咧想：這聲好矣！百面會有一寡無聊的同

學，會走過來問伊講：「你佮吳美雲是有啥物祕密？」

　　雖然麗君感覺足歹勢，猶毋過，講嘛誠奇怪，原本逐工來學校的彼款齷齪，遇著吳美雲了後，煞全消無去矣！

　　欲行入去教室的時陣，麗君攑頭看天頂的雲，有一跡，遠遠看起來，有夠成一片大大片的葉仔，予一雙膨皮的手捧牢咧。

　　伊感覺家己就若親像這片葉仔，原本皺襞襞褫袂開的心情，已經予吳美雲扶平去矣。

　　所以麗君暗暗仔決定：這改大埤湖的烘肉，伊欲參加！

（三）伸枝

　　「心事若無講出來，有啥人會知？有時陣想欲訴出，滿腹的悲哀……」

　　天都猶未暗咧，佇德昌路口彼擔賣曲盤的，早早就共今仔日欲賣的貨提出來排矣！

擔仔頭前的彼兩粒喇叭，力頭誠飽，共沈文程歷盡風霜的歌聲，放送到每一條巷仔內，嘛予全草衙的人攏知影：鬧熱滾滾的商展連鞭就欲開始囉！

每禮拜二的商展，是蹛佇新草衙的人欲買物件的好所在，嘛是所有的學生囡仔，一禮拜一改的娛樂佮期待。

講起來這個商展嘛確實有大，對新衙路底接德昌路這斡角仔，沿仁愛國小的圍牆仔邊，過德昌公教住宅，一直迵到臨港線的鐵枝路底，拜二暗時的這條路，有成百擔的販仔齊集佇咧遮，無論是食的、啉的、穿的、用的……只要想會著的，佇遮攏有人咧賣。

「無錢摸粿垯」，就算是錢櫃仔無錢的麗君姊弟仔，逐禮拜二食暗飽，嘛會佮囡仔伴相招去踅商展。

麗君上蓋佮意徛佇邊仔看人出價，佇有來有去的話語內底，無論買佮賣的人，攏是工夫盡展，眼神齊是充滿活力佮希望。

麗君叫是今仔日的商展，伊嘛有機會會當佮人來出價，買一軀較成樣的新衫。

　　啥人知影，伊共儉誠久的竹管仔剖開，內底的紙票佮銀角仔總共算起來，嘛才拄好交欲去烘肉的費用爾爾。

　　其實，會當儉有這點仔錢，嘛是無簡單的代誌。

　　遮的，有伊細漢時仔去鬥炊粿的工錢，嘛有伊綴人去剪露螺、紩手橐仔、做電子零件趁的零星錢。

　　麗君從細漢到今所趁的錢，伊攏毋甘開，除了鬥共阿母貼註冊錢，賰落來的就全部儉佇這个竹管仔內底。

　　麗君原底是想講，竹管仔內的錢已經儉遐久去矣，加減嘛有夠通閣買一軀衫仔褲，想袂到事實和伊所想的，實在是差足濟的。

　　如仔佇房間仔內，看麗君共彼點仔錢算過來、算過去，目頭結結，閣不時咧吐大氣，知影伊定著是為錢咧煩惱。

　　「阿姊，你欠所費是毋？我身軀頂猶有一寡仔錢，你先提去用。」

　　「你逐個月領的薪水毋是攏予阿母矣，佗來的錢咧？」

　　「阿母逐日會予我五十箍買涼水，我攏無開，儉三

個外月去矣！」

「紡織廠的頭路熱甲欲死，遐的錢是欲予你買涼水來啉的，你哪會攏無開？」

「無彩你遐勢讀冊，敢毋知影捷啉涼水，會去煞著頂腹蓋？人我攏嘛家己紮水去，省錢閣健康。」

「彼你儉的，家己留落來用。」

「講！錢搵豆油是會食得是毋？你這禮拜毋是欲去大埤湖？時到你閣欲穿這軀制服去喔？咱等一下做伙來商展買一軀衫，穿予較春風咧！」

麗君猶咧頓蹬的時，雅惠已經佇門口喝咻矣。

「麗君喔！阿如仔！咱來去踅商展！」

「來矣！」

如仔共麗君的手摸咧，和雅惠三个人歡歡喜喜就對商展遐去矣。

踅來踅去踅規暗，總算揣著一軀三个人攏佮意的洋裝，轉來到厝的時，如仔講伊彼雙跤，行甲強強欲斷去矣。

麗君看吊佇眠床頭的彼軀洋裝，心內有夠歡喜，對

如仔按呢講。

　「雅惠的眼光確實好，你嘛誠勢出價，這軀洋裝我佮意。」

　這領衫是海軍仔領，用紺色做底，佇領邊、手䘼箍佮裙尾猶有白色的蕾絲敆逝，看起來大範閣端莊，雅惠足無簡單才佇欲成千領的衫內底看著，一提著就直直叫麗君去試穿。

　原本如仔猶咧苦勸：「阿姊，你買牛仔褲啦！差毋成錢！」

　麗君誠堅持講：「買一軀洋裝就好，買牛仔褲閣愛買衫，莫加開錢。」

　看著眼前拄買的衫仔裙，到甲這時，麗君才真正期待欲去大埤湖的日子。

　誠緊，禮拜欲去大埤湖的這一工來矣！

　麗君天猶未光就起床，伊共早頓攢好勢了後，就隨就去洗浴。伊先用芳雪文共規身軀的油煙味全洗掉，才聊聊仔共新買的這軀洋裝穿起來。

　　妝娗了後，麗君提鏡共家己對頭照到尾，感覺鏡內底的彼个姑娘仔，看起來真正有夠生份，也才知影，原來俗語講的：「三分人，七分妝」，確實有伊的道理。

　　麗君拄行到第七分局的時，遠遠聽著有人咧叫伊。

　　「林麗君，你等我一下。」

　　是陳嘉雄。

　　麗君從細漢就聽慣勢的聲音，毋免越頭，伊就知影現此時佇後壁叫伊的，就是陳嘉雄。

　　聽著陳嘉雄叫家己的名，麗君的心雄雄跳甲足緊足緊，不知不覺，跤步就按呢停落來。

　　「你是毋是欲去大埤湖？我載你去。」

　　麗君看伊騎的彼台五十仔，Suzuki的後座才一點仔囝爾，若是坐伊的車，兩人毋著愛倚足近？若按呢，家己這粒跳甲強欲到嚨喉空的心，敢會就按呢就「輸輸去」？

　　「時間猶早咧，我坐公車去就好。」

　　「你敢知影欲按怎坐？對咱遮到大埤湖，愛盤幾若

改車，你敢袂嫌費氣？」

「袂啦！阮這班攏講好欲佇學校相等，才閣做伙坐車去。」

「我昨昏已經敲電話共恁班長講好矣！我講咱蹛厝邊，你會坐我的車過去。」

聽陳嘉雄按呢講，麗君只好坦敧身坐起去後座。

為著保持距離，伊的尻川有一半吊佇咧半空中，所以車一下起行，麗君險仔對頂懸摔落來。

「你是嫌命傷長喔！坐較倚咧！猶閣有，你的手愛共我的腰攬予牢，若無，你若跋落去，我煞著娶你，按呢，我就了濟咧囉。」

麗君聽著這款話，大大力隨對嘉雄的尻脊骿拍落去。

「較小力咧啦！我著內傷矣！看你按呢恬恬，想袂到是一个虎豹母。」

「啥人叫你欲按呢練痟話！我攏毋知你遮爾仔勢詼查某囡仔，莫怪你的名聲佇阮這班會遮爾仔敧。」

「彼攏是風聲的啦！我佮意啥物人，全世界的人攏

嘛知，就干焦你毋知爾。」

嘉雄騎車的速度閣不止仔緊，風佇耳空邊咻咻叫，這句：「干焦你毋知爾」，予麗君若親像大大喙食著無透水的蜜全款，甜粉粉的味衝對五臟六腑去，閣再沓沓回轉來伊的心肝穎。

「空喙哺舌，啥人知影你是咧講啥？」

過誠久，麗君才細細聲仔喃予家己聽。

「你拄才講啥？風傷透，我聽無清楚。」

「我講，你騎車愛較細膩咧，莫閣講話矣！」

伊佮嘉雄雖然是厝邊，毋過，二个人從來都毋捌講過遮爾仔濟的話，更加免講雙人會倚甲遮爾仔近。

坐佇後壁的麗君，一直感受著嘉雄尻脊骿的溫度，予伊的面愈來愈紅，心愈跳愈緊……

麗君足希望去大埤湖的這段路，會當一直騎一直去，莫停落來，莫予嘉雄看著伊現此時面仔紅紅的這款模樣。

可惜，閣較遠的路，嘛總有一工會到位，無偌久，

嘉雄佮麗君就買票騎入來烘肉區矣。

遠遠看著這兩个人騎機車來，吳美雲就隨俗過來拍招呼。

「陳嘉雄，你是共阮阿君仔載對佗位去，恁騎機車，閣遮爾仔慢到！」

「阮蹛較遠，路草閣無熟，騎會到，我算足勢矣。」

嘉雄佮美雲兩个人的話頭一下起，就講甲毋知通煞，麗君徛佇咧邊仔，一句話都插袂入去，只好恬恬看這兩个人一句來、一句去。

今仔日這兩个人的穿插全款，攏是白色的T-shirt配牛仔褲，一百八十公分懸的陳嘉雄，徛佇欲百七公分的美雲邊仔，兩个人有講有笑，就若親像咧拍廣告的明星全款，是遐爾仔自信佮四配。

麗君的心內若像有人咧抐醋矸仔，酸甲予伊叫毋敢，所以就一个人離開遐，行去同學聚集的彼个所在。

「林麗君，你是欲來聽音樂會的喔！看你穿甲按呢，等一下欲按怎燃火？」

「謼！你閣穿皮鞋來！是欲來食清領便的是毋？」

「成績好的人，哪著手動三寶咧！橫直有人會烘予伊食，曷著你管！」

「氣質！你是捌無？人是專工穿這軀有氣質的洋裝，來予雄中的看的！」

「莫怪！早前別人來招，伊攏講有代誌，這改雄中的招，伊就隨參加。」

「看懸無看低！我上看袂起這款人！」

雖然麗君一直想欲激無聽見，毋過，佇耳空邊一句接一句的歹聽話，共伊的心劃甲大空細裂。

「假仙假觸，我先品喔！等一下我無欲佮伊全組！」

「我嘛是！你莫叫伊來我這組。」

「阮這組攏是頂顧讀冊的，無彼个資格佮彼號人全一組。」

看家己遮爾仔受排斥，麗君最後實在是忍袂牢矣，大大聲就嚷出來。

「我是佗位得失恁？話敢著講甲遮爾仔利？恁若無

歡迎，我轉去就是矣！」

　　幾句話講了後，麗君就用伊全部的氣力，用走的，用傱的，衝離開烘肉區。

　　麗君心內一直咧喝：我欲離這陣人遠遠！啥人稀罕佮in全組？孤鳥就孤鳥，這三個外月來，家己毋是攏一个人？我哪會遮爾仔實頭？哪會認為參加這改的活動，遮的人對自己的看法就會改變？

　　這時，麗君的後悔佮痛苦，若水沖，對頭殼頂，直直拍落來到心肝窟仔……

　　「早知，嘛莫穿這軀衫！」、「早知，嘛莫予伊載來！」、「早知，嘛莫來大埤湖！」、「早知……」、「早知……」、「早知……」

　　佇遮爾仔濟「早知」內底，麗君上蓋後悔的，就是當初時是按怎無欲堅持去加工區食頭路？無代無誌來讀這間學校是欲創啥物？

　　若是新生訓練彼一工，校長當所有的人講著伊考牢雄女無去讀的代誌，彼時伊若莫遐爾仔老實，聽著校長

叫伊徛起來伊就徛起來，是毋是這馬就袂予人點油做記號，磕袂著就講伊罵俳，不時都刁工來問伊：「是按怎雄女毋讀，欲來佮阮絞做伙？」

伊敢有法度共真實的原因解說予人聽？

麗君已經驚著矣！

自讀國小、國中的時陣，只要知影麗君in兜的狀況，無人會可憐伊，只是加予人看袂起的爾，尤其是無尾巷火燒的彼當陣，連欲稅厝都揣無人欲稅in。

彼時租佇無尾巷的彼間破草厝仔燒掉去，彼暝，三個姊弟仔驚甲攏無睏，徛佇路邊一直吼甲天光。若毋是後來西藥房的和伯仔看袂落去，講欲共彼間園藥品的棧間清出來借in蹛，無定著到甲這時，in猶佇路邊咧流浪，更加免講會當安心讀冊、拚命考師專矣。

麗君猶會記得搬入去蹛彼一工，西藥房內底就有人咧佮和伯仔嘻舞嘻呲。

「義仔欠人遐濟筊數，磕袂著就有筊間的人來頓椅頓桌，厝稅in？都無咧夯枷講！」

「莫稅啦！好好厝稅甲這款人，毋值。」

雖然細細聲仔，毋過，話順風勢搧過來，拄拄好敁佇麗君的喉頓，一時規个面紅到耳仔後去，頭仔犁犁毋敢攑懸看任何人。

想袂到和伯仔干焦是笑笑，一句話都無應遮的人，顛倒當眾人的面對麗君講：「你定著會共阮這間厝顧甲足好勢，敢是？」

自從搬來和伯仔遮了後，麗君才有彼款雨過天青的感覺。

雖然阿爸猶是走甲無看見人，阿母全款暝日攏咧做工，毋過，這間磚坪仔厝毋但有通光的窗仔，就算是風颱來，嘛免閣驚厝尾頂會飛無去。塗跤佮棉襀被從此毋捌閣澹塌塌，姊弟仔三个人自彼時開始，驚惶的心才沓沓仔穩定落來。

可惜，蹛佇販厝這片的人，干焦和伯仔這家對in較好爾，其他的人目頭攏較懸，攏叫厝內的囡仔莫佮麗君in這口灶耍。

厝邊隔壁，搪著麗君in三个姊弟仔，就會若看著鬼全款，若毋是閃甲遠遠，無，就是幌頭講一聲：「可憐喔！」

這款世情的滋味，麗君自細漢就已經啖傷濟去矣！

現此時麗君一直咧罵家己：是按怎家己到今猶咧向望同學會對伊好？聽著這款刣洗的話，是按怎全款予家己疼甲吼袂出聲？

麗君毋知佇湖邊踅偌久，目屎嘛毋知流偌濟去，伊干焦感覺家己的心愈來愈疼、頭殼愈來愈眩……

最後，佇大埤湖的中央，伊敢若看著有人向伊攄手，聽著有聲叫伊緊行過去，麗君神魂齊失，远過柵仔，向湖心大大步欲踏過去囉……

「林麗君！林麗君！你較精神咧！」

麗君已經予痛苦的水沖強欲拍歹的頭殼，到甲這時，才漸漸清醒。

「耀賢兄，你轉來矣喔！你哪會佇遮？」

「是啊！我才拄轉來無偌久，我佮雄中的同學來遮

開同窗會的。」

　　「聽和姆仔講你已經申請著日本的研究所矣！誠實是有夠厲害的！」

　　「是我好運啦！是講，扗才你是咧創啥？是按怎你欲跳湖？」

　　「我？欲跳大埤湖？耀賢兄，你誤會啦！我是來大埤湖遊覽的，哪會跳湖？」

　　「我已經佇後壁綴你行誠久矣！若毋是想袂開，你是按怎會兩蕊目睭哭甲腫歪歪？發生啥物代誌？你敢願意講予我聽？」

　　「嗯……這……這……這我嘛毋知欲按怎講起，你猶是莫插我啦！」

　　「若你今仔日無想欲講，抑無，你以後才講予我聽。」

　　「你毋是來參加同窗會的？離開遮久敢有要緊？你緊轉去，我無代誌啦！」

　　「若這你免煩惱，阮彼陣同學若敨做伙，無遐緊煞攤；而且，我有先共阮同學講佇遮遇著厝邊！叫in先烘

先食免等我。」

耀賢的笑容是遐爾仔溫柔。

「你敢會記得？早前你讀國中的時，只要我有轉來，你功課若拄著困難，就走來問我。這馬嘛是全款啊！你的困難若是想欲講予我聽，我會當規工坐踮遮，替你出主意。」

聽耀賢按呢講，麗君差一點仔就欲將家己的心事講出來矣。

落尾，麗君猶是佯做無代誌，硬激出一个笑容。

「坐佇遮欲創啥？這是我頭一改來大埤湖呢！門票貴參參，無踅予透哪會和？我閣欲四界看看咧！你免替我煩惱啦！」

「若按呢，我陪你行！」

耀賢實在無法度放伊一个想袂開的查某囡仔，佇咧湖邊烏白踅。

麗君無閣再應伊，就徛起來行翻頭。

行到富國島的時，麗君坐佇涼亭仔跤吹一睏仔風，

風中除了烘肉的芳氣，遠遠猶聽會著吳美雲唰自我紹介：「人攏叫我好笑神，因為我上愛笑……」，彼堆笑聲內底，伊聽會出嘉雄是笑甲上大聲的彼个人。

麗君閣向前行，經過划船仔場的時，看著船頂雙雙對對的形影，予麗君又閣想著家己坐機車來的彼當時，若是自己莫賭強，留落來佮同學烘肉，若按呢，敢有佮嘉雄做伙划船仔機會？敢有可能會當閣予伊載轉去？

伊的心情，就若親像眼前的這段九曲橋，彎彎斡斡，有歡喜、有傷悲、有鬱悶、更加有甜蜜……

麗君行過一个閣一个的轉斡，久長以來，伊強壓落來的情緒，就一段閣一段，浮出來予伊想了閣再想。

一直到大門口，麗君才翻頭笑文文對耀賢頷一下仔頭說多謝。

「踅一輾了後，心情齊好起來矣！有你佇咧，我的心加足安定的。」

聽伊按呢講，耀賢猶是袂放心。

「敢愛我送你轉去？遮離咱草衙足遠的，咱做伙坐

公車轉去。」

「我知影欲按怎盤車！你趕緊轉去！毋通予怹彼陣同窗的等傷久。」

「今仔日發生的代誌，你若無想欲用講的，會當寫批予我，橫直到明年的三月進前，我猶暫時會留佇台灣。」

佇耀賢厚厚的目鏡後面，彼兩蕊目睭的善意是遮爾仔熟似。

麗君會記得讀國中的彼當陣，耀賢毋但教麗君讀冊的鋩角，閣定定借冊予伊看，不時共伊鼓勵、替伊加油，就若親像家己的阿兄全款。

就按呢，麗君下定決心。

「好！我寫批共你講，毋過，你愛答應我，絕對袂當對任何一个人講起！」

耀賢伸出伊的尾指仔，用非常嚴肅的態度對麗君講：「我佮你約束，絕對袂講出去。」

麗君嘛伸出伊彼肢尾指，兩个人勾一下指頭仔，閣

用大頭拇互相頓一个印仔，這款約束的方式，是新草衙的囡仔攏知影的方法。

到甲這時，麗君才歡喜大聲笑講：「咱約束好勢矣！」

（四）柯藤

下晡三點的時間都猶未到，同學的心早就毋知飛對佗位去矣！

一禮拜兩節的社團課，雄商攏安排佇拜五的第六節佮第七節，學校規定全部的學生攏愛參加。

較活骨的，會當參加排球社、籃球社、桌球社、游泳社這款運動的社團；愛音樂的，有合唱團、管樂隊、古典吉他、民謠吉他這款社團會當揀；若有較在膽、較愛展的，彼定著是演劇社、康樂社佮童軍團的大枝柱；其他的親像美食社、美顏社、文學社、辯論社、電腦社、珠算社、會計社……大大細細總共有三十幾个社團。

雖然老師猶佇烏枋咧畫統計圖，毋過，等一下是同學所期待的社團時間，閣加上有人私底下共彼本上衝的「愛

情青紅燈」雜誌傳來傳去，下跤這款嗤舞嗤呲的聲愈來愈大聲，予老師誠無奈，只好越頭過來看這陣查某囡仔。

「恁喔！我知影恁攏坐袂牢矣！好啦！咱今仔日的課就上到遮，愛會記得寫宿題，知無？」

「哇！多謝老師，阮就知影你上了解阮！」

一聽著老師按呢宣布，規班就若親像鳥仔放出籠，歡喜甲苦袂得緊飛出去教室！

班長吳美雲看著規班亂糟糟的模樣，隨徛起去講台頂面，提老師的篾仔大聲摃兩个聲。

「慢且離開咧！咱先來討論一下，這禮拜雄中的校慶園遊會有來邀請咱，想欲問看覓，有誰人會當去共in鬥『応援（Ōen）』」[8]

8　八十年代，台灣青少年對日本動漫極為嚮往，言語中經當會穿插一兩句流行的動漫用詞，応援（Ōen）就是其中之一，表示只要對方有需要，自己願意協助或幫忙，當其後盾，給予安心。

　　吳美雲的朋友濟，各學校攏有伊交陪的人，尤其佇雄中，因為伊生做媠閣大範，名聲佇雄中是傳透透，不時有人會來招伊去唱卡啦OK、看電影，美雲總是大大方方允落來，然後才規班的查某囡仔毛咧做伙去，予想欲奅伊的查埔囡仔，毋知是欲笑抑是欲哭。

　　除了陳嘉雄in彼班，吳美雲才會特別對待。

　　這兩班做伙去大埤湖烘肉轉來了後，這陣囡仔，感情就愈來愈好。

　　雄中的查埔囡仔不時會來相揣，若毋是抽鎖匙騎機車出去耍，無就是佇冰果室咧開講，一大陣人嘻嘻嘩嘩，情感好甲若啥。

　　就是感情遮爾仔好，舊年雄中校慶辦園遊會的時，除了麗君，全班才會攏予美雲掠去鬥相共。

　　所以，一聽著雄中校慶閣欲辦園遊會，逐家的精神就齊來矣！一句來、一句去，開起講起舊年佇陳嘉雄彼班鬥相共，所發生的代誌。

　　「講起來嘛實在有夠忝，舊年咱水球毋知替in做偌

濟咧！」

「毋過，想想咧嘛誠心適，咱替人灌水球閣鬥算錢，實在是戀癮頭！」

「人後來毋是有請咱去唱歌？按呢算講是有良心囉！」

「唱歌哪有夠額？應該愛佇海霸王排兩桌請咱毋才著！」

「彼是我的尪仔頭婿，舊年若無我，in的生理哪會遐好？」

「彼是人陳嘉雄有人緣，佮你的尪仔頭有啥關係？」

「有影！十个來有八个指名欲揀陳嘉雄！恁敢閣會記得？舊年伊身軀穿的彼軀衫，真正無一時焦！」

「陳嘉雄……」、「陳嘉雄……」、「陳嘉雄……」

看同學講甲興tshih-tshih，麗君坐佇壁角，恬恬攏無出聲，因為遮的代誌攏佮伊一點仔底代都無。

從舊年彼改去大埤湖轉來了後，伊佮陳嘉雄就毋捌閣見過面矣！

嘛毋知是麗君特別咧閃避，抑是嘉雄真正咧受氣，

連早前捷來厝揣伊講話的嘉真，這一冬來嘛攏毋捌來揣麗君，予麗君有淡薄仔感心。

所以，這時同學一句來一句去的代誌，麗君是無想欲聽，嘛無想欲知影，伊恬恬共冊包款款咧，準備欲去英文拍字社練拍字。

麗君行離開教室無偌久，後壁就聽著有人咧叫伊。

「我的阿君仔！你小等我一下啦！」

是吳美雲！

麗君毋知伊共家己叫落來欲創啥，嘛拍算伊若閣來招欲去雄中，這一擺絕對愛坦白對伊講無欲去！

「你毋是康樂社的？恁的社團是佇彼頭，你行對遮來，是欲綴我去拍字喔！」

「啥人像你遮無聊！選甲這款無聊甲有賰的社團。我是有代誌欲問你！」

自從去大埤湖予同學講甲按呢了後，麗君佇雄商的這兩冬，面腔就若紅毛塗崁起來全款，對任何人攏無笑容，嘛袂講話，除了吳美雲，伊佮任何人攏無交插。

美雲嘛確實對伊誠好，自彼擺大埤湖的事件了後，伊便若有聽著別人對麗君講歹聽話的時，就會跳出來主持公道。

全班的同學看著美雲一直咧替麗君講話，嘛可能知影麗君的性矣，這兩冬來，較毋捌佇麗君的面頭前，直透講遐有的無的。

「有啥物大代誌，你這个好笑神閣愛來問我？」

麗君毋捌佮人滾耍笑，今仔日煞掠外。

「陳嘉雄是按怎欲休學？伊發生啥物代誌矣？」

美雲嘛誠罕得遮正經，今仔日全款掠外。

「陳嘉雄？休學？伊毋是功課足好？是按怎欲休學咧？」

「我就是聽人講，毋才會來問你！你煞顛倒來問我！恁毋是厝邊？是按怎全然毋知影咧？」

「阮罕得相拄搩！今仔日我轉去問看覓，才閣共你講。」

彼兩節的社團課，麗君的神魂攏予這个消息牽牢咧行，規的心肝掔氅氅，磕袂著就咧想：賰無一冬就欲聯考矣！陳嘉雄是按怎欲佇這个時陣休學？

彼工下課，十二號公車一到前鎮國中，麗君就用傱的落車，伊無先轉去厝煮暗，煞幹對天罡壇遮來，因為伊干焦想欲舞予清楚：到底是發生啥物大代誌？大甲予嘉雄共學業全部放棄？

行到菜市仔的時，麗君看著一台計程車，停佇巷仔口，嘉雄拄欲對計程車內底，共海仔插出來，邊仔的嘉真，遠遠看著麗君，就衝過去共伊攬牢咧。

「我實在足驚、足驚的！阮阿母佇加護病房，已經兩禮拜矣！攏無醒過來！」

嘉真那講那吼，講彼暝海仔啉酒醉轉來，毋但曀某曀囝，閣攑菜刀講欲刜全家，後來菜刀無注意去刜著美鳳仔的領仔頸，等救護車送到病院的時陣，人已經無氣矣。

後來注足濟筒血射，急救閣急救，落尾總算是共人對閻羅王遏討轉來，猶毋過，美鳳仔煞一直無精神，到今猶蹛佇加護病房咧觀察。

麗君了解嘉真的驚惶，因為自細漢到今，伊毋知看過幾改海伯仔起酒痟的模樣，尤其是這一、兩冬，伊的

肝硬化愈來愈嚴重，毋過，伊毋但無改酒，煞為著欲逃避死亡的烏影，酒愈啉愈雄、愈來愈濟。

當當麗君想欲安搭嘉真的時，嘉雄出來共嘉真叫入去。

「你去煮飯，等一下食食咧，我閣愛去病院。」

嘉雄連看嘛無看麗君，對伊的身軀邊行過，若親像全然無這个人全款。

嘉雄的表情予麗君全看佇眼內，規个心若受著酷刑，毋知欲如何是好。

麗君只好恬恬綴佇嘉雄的後壁，綴伊沓沓仔行、慢慢仔行。

In行過拄咧放送的天罡壇，行過賣木瓜牛奶的清涼亭，嘉雄對前鎮國中的偏門行入去，最後停佇咧運動埕，坐佇咧予日頭曝規工去的草埔仔頂懸，人恬恬，一點仔表情都無，麗君毋知伊現此時，當咧想啥。

頓蹬足久、足久了後，麗君最後猶是提出勇氣，坐踮嘉雄的身軀邊。

「其實，我猶閣咧氣你，無想欲佮你講話。」

　　聽嘉雄按呢講，麗君頭仔犁犁，滿腹的委屈全然毋知欲對佗位來講起，更加毋知欲按怎解說，最後干焦會當共心內的燒疑提出來問。

　　「你誠實欲休學？」

　　「無，我猶閣有啥物選擇？」

　　嘉雄的聲，是遐爾仔悲哀佮無奈，予麗君聽甲足心酸。

　　「若按呢，你的未來欲按怎？」

　　「現此時阮阿母倒佇加護病房，一工就愛三千箍的醫藥費，眼前我都顧袂了矣！未來？我敢猶有你講的彼種未來？」

　　「就算你休學，你欲佗位去傱一工三千箍的醫藥費？敢講你欲去鐵仔埕？你連鐵鉎都袂曉剁⁹，是欲按怎綴人割鐵仔？」

9　剁鐵鉎，是拆船場最簡單，也是最不需要技術的一項工作，每個拆船工能正式拿火槍割船體鐵板之前，大都從剁鐵鉎的工作開始入手，等學會了控制乙炔火槍的技術後，才能拆船。拆船工趁的錢約剁鐵鉎的三倍。

「我已經佮信榮仔講好矣，閣過兩工，我就欲去台北綴伊做塗水[10]。」

「做塗水？你攑的攏是考試的鉛筆，攪沙的鉛筆[11]你敢攑會去？」

「信榮仔會曉的代誌，我敢做無路來？伊的漢草猶無我的高長大漢咧！」

「人信榮兄國中一畢業就去台北學塗水，這馬已經出師矣，一工毋才趁有三、四千箍！就算你綴伊做，極加干焦做小工爾，敢趁有上千？」

「總是比我讀冊猶閣愛開錢較好！」

「阿桑的醫藥費，咱先來去揣武雄伯仔，拜託伊想辦法！」

「自從大仁宮的鐵仔埕爆炸了後，武雄伯仔的穡頭就若雨傘店，做一工停三工，更加免講伊猶咧簽『大家

---

10 做塗水，就是擔任水泥工師傅，八十年代建築業蓬勃發展，水泥工師傅供不應求，薪水極高。

11 鑽土用的方型鍬，台語俗稱鉛筆。

樂』，筊輸跤大，厝早就賣掉去！伊自身都難保矣，是欲有啥物辦法通想！」

　　「武雄伯仔嘛有咧簽牌？閣輸遐濟！哪會攏無聽人咧講？」

　　「你叫是黃建菁是按怎會去讀免錢的師範咧？憑伊舊年聯考的成績，欲填醫學院嘛無問題！若毋是不得已，伊敢會做這款選擇？」

　　「抑無，咱來去佮俊生叔仔參詳，伊毋是有咧借錢予人？咱先借來納阿桑的醫藥費，我閣冬半就畢業矣，時到我提著薪水，會當逐個月沓沓還伊，按呢敢袂使？」

　　「你敢毋知良仔in兜的錢袂借得？沓沓還？你是驚利息絞傷慢是毋？」

　　「和伯仔咧？昆龍叔仔咧？敢講規草衙的厝邊，咱攏揣無半个人會鬥相共得？一定愛你休學去台北做塗水才會當？」

　　麗君佮嘉雄的聲嗽，一聲懸過一聲，兩个人的頷仔

頸筋全諍甲紅記記。

　　忽然間，嘉雄毋知是按怎，笑甲足大聲、足大聲。

　　「哈！哈！哈！」

　　嘉雄最後笑甲連目屎都流出來，麗君的耳空鬼仔強欲予這个笑聲鑿破，看著嘉雄這款模樣，伊誠清楚，佇這幾聲予人起畏寒的笑聲內底，全全是無能為力。

　　「早知！彼時阮阿母莫共我救轉來，放我死佇急診遐，現在就袂遮痛苦矣！」

　　「你哪欲講這款話？美鳳阿桑若知影，一定會對你的喉頓搧落去！」

　　「阮有這款老爸天天醉，亂天亂地，若毋是阮阿母楗牢咧，我佮嘉真哪有可能大漢？」

　　「我理解！因為，阮嘛是仝款！咱若無有這款儑硬的阿母，早就毋知會變做啥款去矣！」

　　「所以，我欲共阮阿母救轉來！一工三千就三千，我袂當放予阮阿母死！」

　　「講起來，若欲休學的人應該是我！若毋是阮阿爸

欠阿桑遐濟錢，現此時的醫藥費，哪著你咧操煩？哪著
愛你放棄將來去做工？」

「這是欲按怎怪你？阮兜的枷，哪著你來夯？你若
共我當做是朋友，就尊重我的決定！」

「陳嘉雄！」

「好矣！你莫閣講矣！阮嘉真有講欲綴恁如仔去紡
織廠食頭路，以後，我無佇咧厝的時陣，你愛定定過來
陪伊講話，按呢，才是對我上蓋大的幫助。」

最後一班臨港線的火車，一節一節載甲滇滇滇的原
料，對嘉雄佮麗君的面頭前駛過，天已經欲齊暗落來
矣，干焦佇遠遠的碼頭邊，賰一逝猶未完全退去的彩
霞。

下暗的風吹佇麗君一直袂焦的面框頂頭，有一款疼
入骨髓的感覺，予伊知影，原來美麗的秋天早就過去，
伊的寒人已經提早到矣！

（五）拗苺

今仔日禮拜無讀冊，麗君早早就去漢藥店拆一帖四物仔轉來，等一下賣雞仔的販仔若來，伊欲揀一隻較大隻的仿仔雞，下暗欲叫嘉真過來做伙食四物仔雞。

麗君按呢對待嘉真，予志仔定定目空赤，講家己的阿姊毋但逐工替人款便當，閣不時燖補咧予人食，連去昆龍嬸仔遐買豬血湯的時，干焦會記得加買嘉真的份，伊這个做小弟的，煞顛倒毋捌食甲半斗。

麗君見若聽著這款話，就會罵志仔毋捌代誌！

買豬血湯敢是欲予人食tshit迌的？若毋是聽人講豬血清肺，伊哪甘開錢買轉來食？如仔佮嘉真佇紡織廠做工課遐爾仔塊埃，若無用豬血湯予清寡出來，萬一若去帶身命，是欲按怎向嘉雄交代咧？

早前美鳳阿桑是按怎對待in三个姊弟仔的，麗君永遠記佇心內。

所以伊才會自嘉雄去台北了後，每一工的早起時，加攢一粒便當，通予如仔紮去紡織廠佮嘉真做伙食，

兩、三個月就會親像按呢，拆一帖漢藥、掠一隻雞，燖來予逐家做伙補。

因為干焦按呢做，麗君的心才袂遏爾仔艱苦。

早前捌聽如仔講起，嘉真因為慢兩冬才入去紡織廠，遐的舊跤會食新跤，擲予伊的全是無人肯做的粗重缺，後來，是如仔後來升起來做領班，有伊咧相佝，別人毋才無閣變鬼變怪。

麗君不時會寫批去予嘉雄，共新草衙所發生的消息講予伊知，親像：雅惠竟然有法度佇「愛情青紅燈」的雜誌內底，交著一个男朋友；良仔又閣予學校退學，這已經是換第三間去矣；硫酸銨的毒氣又閣霧出來矣，予逐家激甲目屎流目屎滴……佇所有的消息內底，上重要的就是新草衙欲拆矣！

新草衙講欲拆的消息，佇地方上其實已經傳十外冬去矣！

從細漢蹛佇無尾巷的破草厝仔，麗君就捷聽著人咧會，後來搬來和伯仔遮蹛，捷有公所的人來咧量土地、

做戶口調查，予人感覺欲拆新草厝這件代誌，只是緊慢的爾。

每一改若聽著欲拆新草厝的消息，眾人就會去揣在地的議員拜託。

逐家攏嘛講，遮爾濟冬來，阮新草厝的住戶，共選票一票一票頓予伊做議員，所以伊佇議會定著會替阮共新草厝欲拆的政策擋落來。

有幾若年，嘉雄攏共這個議員當做是英雄，每一擺選舉的時，伊攏會去聽政見發表會，轉來閣會來講予麗君in姊弟仔聽。

一聽著這個議員為著新草厝的趁食人，連刀仔都敢提來挨家己，予麗君聽甲耳仔覆覆，規个心攏熱起來。

嘛毋知是這個議員已經無力矣，猶是這本成只不過是伊選舉的步數，終其尾，新草厝猶是行到欲拆的這一步。

和伯仔講，拆遷說明會伊有去聽，其實毋免傷煩惱，市政府會冗時間予民眾搬厝，嘛有補助款，若欲

拆，會先對行政中心這附近開始，閣來就是四箍輾轉用柴枋仔搭的低厝仔，等所有的低厝仔攏拆了後，親像和伯仔in這款上早期買的販厝，才閣欲看款來處理。

美鳳仔in兜，拄好佇第一批欲拆的所在，所以麗君一聽著這个消息，隨就寫限時批去共嘉雄講。

只是講，麗君寫逿爾仔濟的批去台北，嘉雄煞連共一張批都毋捌回予伊，連這擺遮爾仔大的消息嘛是全款。

嘉真講，自嘉雄去台北了後就毋捌轉去厝，連伊嘛毋捌收著嘉雄的批，伊佇台北的生活，攏是透過信榮仔才知影的。

「信榮兄共我講，阮阿兄毋但日時綴伊做塗水，閣去允7-11的大暝班輪咧做，講伊日也操、暝也操，人愈來愈黃疸，足驚伊的身體會堪袂去。」

「哎！恁阿爸咧？敢閣有咧啉？」

「哪會無！只是這馬較袂起酒痟爾，你看伊腹肚的掠水愈來愈嚴重，叫伊去看醫生伊攏無愛，顛倒撟我破格。」

「咱只好時到時擔！你若愛我鬥相共，一定著講！知無？」

麗君有當時仔會想，是按怎天公伯仔欲予艱苦人遮爾仔濟的磨難？像伊佮嘉雄，一坎迃了閣一坎，一關過了閣一關，到底愛到底時，in才行會出這片看袂著底的烏暗咧？

麗君想到遮，鬱佇心肝頭的這口氣，終其尾猶是忍袂牢矣，就大大聲吐一下仔大氣。

想袂到佇這个時陣，志仔的聲，遠遠就對巷仔口喝入來。

「阿姊！阿姊！阿爸、阿爸去予人押入去第七分局矣！」

志仔凶凶狂狂，那傱那咻，遮的話予麗君聽甲捎無頭摠。

「你是咧烏白嚷啥?!無代無誌阿爸哪會佇警察局咧！」

綴佇志仔後壁轉來的如仔，一入門就面仔青恂恂，

規身軀呅呅掣，一句話都講袂完全。

「攏、攏是我害的！緊！咱緊來去共阿爸救出來！」

麗君毋知頭尾，這件代誌佮如仔是有物啥底代？是按怎阿爸會予人掠去第七分局？猶閣有，愛按怎才會當共阿爸救出來咧？

麗君第一擺拄著這款代誌，嘛毋知愛如何是好，只好共戶口名簿、印仔、身份證攏紮佇身軀頂，才去隔壁拜託和伯仔佮in做伙去。

行到第七分局的時，麗君就看著義仔氣怫怫，共良仔的衫搝牢咧，抑倚過去欲攑欲拍，最後予兩位警員硬搝開。

分局長看和伯仔恁三个囡仔行入來了後，就對義仔教示閣兼放刁。

「看在和伯仔的面子上，閣帶念恁這是家內事，這改放恁轉去，後改若閣予我搪著恁按呢冤家相拍，你著愛較細膩咧！現此時阮櫳仔內猶空空，你免驚無所在通蹛！」

這陣人行出第七分局了後，全予和伯仔系轉去西藥房。

和伯仔叫牽手足仔先共鐵門搝落來，伊共茶泡好，才翻頭叫義仔佮俊生仔攏坐落來。

「無事上官廳，恁是食飽換枵喔！到底發生啥物代誌？哪會義仔欲對良仔欲掠欲拍？」

「是義仔侵門踏戶來阮兜，椅頭仔攑咧就欲對阮良仔身軀頂siāu落去，我無去報警察敢會當？」

「你敢知影恁後生做啥物好代誌？若恁查某囝予人按呢蹧踏，你袂風火著？」

聽義仔按呢講，良仔佇邊仔激一箍毋成囝的款，那講那笑。

「蹧躂？哪有遐嚴重！恁囡仔嘛是家己歡喜甘願的，我也無較偏矣！」

良仔一開喙就講這款話，予如仔規个面白死殺，手插胳，大聲對良仔喝。

「你講這款話，敢毋驚會去予雷公摃死？彼改是你

用強的，閣講是阮阿爸欠恁錢，愛我按呢予你挂數，後來你閣一直來膏膏纏，講恰意我！歡喜甘願？恰你這款人做伙，啥人會歡喜甘願？」

如仔遮的話予在場的人心肝頭攏嗆一越！尤其是義仔。

「我今仔日挂搭恁良仔對阮如仔跤來手來，叫是咧欺負伊，想袂到閣毋但按呢爾爾，閣敢侮辱阮查某囝！姦！恁爸若無共你拍予死，恁爸就無姓林！」

義仔共手裡的彼个茶甌仔對良仔摋擊落去，良仔雖然閃有開，毋過，彼甌茶煞全部潑佇俊生仔的面，予伊規身軀澹漉漉。

俊生仔若無事人全款，提手巾仔共伊的面恰身軀拭焦了後，才攑頭對氣甲慄慄掣的義仔應話。

「代誌做都做了去矣！無，看欲按怎補償恁，咱攏會當參詳得！」

「補償？阮如仔一世人的清白就按呢烏有去，是欲按怎補償會轉來？」

「無，恁如仔來予阮做新婦，橫直這兩个囡仔都攏鬥陣過矣，阮良仔嘛需要一个人來共伊管牢咧，若按呢，代誌就圓滿矣！」

聽著小妹拄著這號代誌，予麗君心肝內誠實是足毋甘、足毋甘！

到今伊才知影，是按怎最近這段時間，如仔磕袂著就咧洗身軀，閣一洗就洗足久。

這个小妹仔從來毋捌佇伊的面頭前講過這層代誌，逐工仝款笑頭笑面，不時阿姊長、阿姊短，這段日子，如仔到底是按怎度過來的咧？

閣講著良仔這个人，毋但痴哥閣貧惰骨，私立的高職是一間換過一間，佮伊仝屆的人，若毋是已經讀大學，無就是出社會矣，干焦伊猶咧讀高二，若毋是俊生仔有錢通去捐，現此時，可能干焦會當浪流連爾，哪通予伊會當遮爾仔好食睏。

若欲叫如仔嫁予這个浮浪貢的，未來哪有幸福通好向望咧？

　　麗君較想就感覺無妥當，拄想欲出喙的時，煞聽著如仔按呢講。

　　「恁若真正有心欲娶我，首先，這件代誌除了佇遮的人，絕對攏袂當予任何人知影。猶閣有，阮阿爸佇外口欠人的錢，恁攏愛佮阮做伙想辦法。上蓋重要的是，婚事一定愛照步來，提親、觇餅，全愛做予厝邊頭尾知影，咱是正正當當結親情的，毋是清彩鬥陣的。」

　　「如仔！」

　　聽著義仔佮麗君同齊喝出聲，如仔的笑容煞比吅閣較歹看。

　　「阿爸！阿姊！我都已經按呢矣，閣有啥人欲挃咧！上無，阿爸欠良仔in兜的錢就解決矣！橫直咱查某人最後攏是愛嫁人，嫁啥人毋是攏全款。」

　　義仔掠如仔金金相，雄雄感覺這个查某囡是遐爾仔生份。

　　這十外冬來，家己到底是咧創啥物？眼前這个細粒子的如仔，毋是才咧學叫阿爸爾？是當時仔大漢的？自

從佇笅窟跋落深坑到今，義仔從來就毋捌親像這馬遮爾仔後悔。

麗君共如仔攬絚絚，耳空聽著鐵門外的風透甲，佇四淋垂的目屎內底，伊若親像有看著，彼欉伊恰如仔做伙種的茉莉，彼枝才拄發出花莓的枝葉，定著去予這陣風拗折，無可能閣再開矣。

（六）弄花

「麗君有閒無？」

足仔一踏入門，就看著麗君足認真當咧練拍字，所以就無攪吵伊，等亂鐘仔的聲霆起來的時，才敢輕聲出喙問。

「和姆仔你當時來的？歹勢，拄才我傷專心，無聽著你的跤步聲。」

「看你遐綿爛練拍字，是我歹勢共你拍斷去的。是按呢啦，這幾領衫看你有合穿無？」

足仔那講那共袋仔內的彼幾軀衫提出來，一領一領

褲予麗君看。

「遮的衫全是阮耀賢對日本寄轉來的，煞予阮碧玉仔嫌舊範，講綴袂著流行！恁的身材攏差不多，你若有佮意，來替伊鬥穿敢好？」

眼前這幾軀衫攏是洋裝，色水佮衫仔範，和大統百貨公司賣的日本貨欲全欲全，免想嘛知，這款過鹹水的衫，價數一定無俗，現此時聽著足仔全欲送伊，麗君驚甲毋敢提。

「遮的衫攏新的，料身嘛誠好，若恁碧玉仔無佮意，嘛會當提去堀江寄賣，親像遮婿的衫，定著是足搶市的，送予我穿傷拍損啦！」

「阮耀賢有交代，講伊寄轉來的衫若是碧玉仔無佮意，就全提來予你穿。毋驚你愛笑，阮碧玉仔講伊這个阿兄毋但是眼光穩爾，而且閣有夠實頭，講這款老硞硞的衫，連伊都無佮意矣，你哪會欣賞？」

「恁碧玉仔誠愛講笑！是講，閣一個月我就欲畢業矣，時到欲去食頭路，確實嘛愛有一兩軀仔較好的衫。

和姆仔，不如按呢，你遮的衫看欲賣偌濟錢，我總共買起來。」

麗君頭一擺發覺，會當大大方方對人講：「看偌濟錢，阮欲買」，是偌爾仔心安的代誌！毋免因為無錢吞瀾，嘛毋是因為可憐予人捨施，伊相信以後的每一工，攏有才調買家己想欲買的物件。

這一切，全是因為義仔改笑矣！

自從如仔嫁出去了後，義仔就改頭換面囉。這幾個月來，笑間遐的人猶不時會來叫，伊連一改都無去，連厝邊頭尾攏咧痟的「大家樂」，嘛無閣再簽。

月仔歡喜甲，定定對麗君講：「這遍恁阿爸真正改笑矣！咱等遮爾仔久，總算真正改矣！」

麗君看在眼內，歡喜是歡喜，煞有淡薄仔懷疑，因為阿爸總是講欲改笑，逐遍都改無三日，隨就閣綴人對笑間去矣，而且愈跋愈大，笑數愈欠愈濟。

尤其是「大家樂」當咧流行的彼時陣，雖然厝邊隔壁加減攏有咧簽牌，毋過無人親像伊簽甲遐大，就算捌

著過幾若改特仔尾，擔沙填海，輸去的錢，永遠還袂清所欠的負債。

自簽牌了後，義仔有錢借甲無錢，會仔一陣起了閣一陣，伊四界欠人誠濟錢，嘛予麗君這三个姊弟仔的生活，自細漢就比別人較悲慘。

麗君認為，這改如仔發生這款代誌，才會予阿爸堅心來改筊。

這幾個月來，義仔毋但連筊都無沐，而且閣去貨運行走車，伊共所有趁的錢全交予月仔，予伊歡喜甲，連做夢都會笑甲醒過來。

自從義仔改筊了後，好運就直直來。

尤其是前兩工，麗君去接著通知，講彼間伊去考的報關行，已經代先錄取伊矣，願意等伊畢業了後才去上班。

這个消息予麗君聽一下煞愣去，叫是咧眠夢。

足仔這改來嘛咧講：「麗君你實在誠才情喔！彼間報關行是咱加工區上大間的呢！聽講，薪水嘛是外口的

雙倍額，這改規百个人去考，才錄取兩个爾，是比大學
較歹考呢。」

　　「是啊！這擺考試，毋但愛考商業英文、信用狀，
閣愛考英文拍字，我想，可能是我拍字的速度比別人較
緊，毋才會好運去予我抾著。」

　　「你傷謙矣！不時看你咧練拍字，無就是咧讀英
文，若親像你遮爾仔認真閣考無牢，毋是傷過無天
理？」

　　「是和姆仔毋甘嫌啦！話閣講轉來，這幾領衫我真
正足佮意的，我欲買！以後通穿去上班！」

　　「講買就傷感情矣！遮的衫你有佮意就好，莫閣推
來推去，緊收落來！」

　　聽足仔遮爾仔堅持，麗君姑不而將共衫收落來。

　　麗君行入去灶跤，閣行出來的時，手裡提一罐王梨
豆醬仔。

　　「和姆仔，這是我家己豉的，你食看覓，毋知有合
恁的口味無？」

「喔！你哪會遮厲害啦！連王梨豆醬仔都會曉豉！阮耀賢上愛食王梨苦瓜雞，後回伊若轉來，我才來用你這罐煮予伊食。」

「耀賢兄愛食這項喔？無問題！伊這擺若轉來，換我來煮予恁食。」

聽著麗君按呢講，足仔是聽甲喙笑目笑，掠麗君金金看，那看那頕頭，看甲麗君面仔紅紅，有淡薄仔歹勢。

麗君有淡薄仔心虛，心裡共家己講：「和姆仔敢是咧笑我面仔青青也敢允人三斗血？若無，伊哪會掠我硞硞笑咧？」

「啊！我差一點仔就袂記得！阮耀賢有寫一張批欲予你。」

看著足仔提過來的這張航空批信，麗君算算咧，這張拄好是耀賢寫予家己的第一百張批。

每一擺對足仔遐提著耀賢的批，麗君攏會共伊編號碼，才一張仔一張按順序园佇咧餅篋仔裡。

　　這个餅篋仔，是麗君上蓋珍惜的物件，佇過去這兩冬來，只要心情鬱悶的時陣，伊就會共內底的批提出來閣看一擺。

　　尤其是耀賢所寫的第一張批，現此時，麗君差不多攏背起來矣！

麗君賢妹學安，

　　你敢捌看過咸豐草的花？咸豐草，這个名咱較罕得聽見，毋過，若講著顧肝的刺查某，你一定誠熟似，因為我若有轉去，攏會看著你挽這款草咧燃青草茶。若你捌斟酌看過伊的花，就會發覺，其實伊誠婧，尤其是開甲規大片的時陣。

　　佇阮學寮這附近，就有一大片的咸豐草，逐擺伊開花的時，我就會去遐散步。誠可惜，若親像除了我以外，無人會去欣賞這款景緻，誠濟人會共伊當做是野草，苦袂得共伊全部除掉，才會甘願。

　　阮有一个日本同學就是這款人，我不時會看著伊佇

遐挽、佇遐薅，毋過，無論伊按怎挽、按怎薅，只要閣過一站仔，雨若來、風若吹，咸豐草就會閣發出來，而且會愈湠愈大片。

後來我才知影，原來佇咱人類咧薅咧挽的時陣，就是咧替伊弄花、湠子，莫怪會予in愈生愈濟，愈湠愈遠。其實，佇我的心內，你就親像咸豐草的花（嘿！毋通誤會我講你是刺查某喔！）免人顧就會開甲足婿、足大片。

古早人毋是講：「拍斷手骨顛倒勇」，所以我咧想，無定著你現此時行袂過的坎，只不過是天公伯仔欲予你的禮物，用這款考驗來訓練你的能力，予你有勇氣，毋驚困難。

毋過，我相信所有的考驗你攏行會過，對家己愛有信心！我會佇日本替你加油的！

祝健康快樂

愚兄李耀賢敬上」

　　批囊內底這幾張批紙，有耀賢四正的文字，有伊用輕鬆溫馴的方式，予麗君了解「一枝草，一點露」的意思，就算是刺查某，嘛毋是干焦予人刺鑿爾，時若到，花就會開，捌的人就知影媠。

　　麗君那看那想，伊有耀賢這款若兄哥的朋友，是伊的福氣。

　　就佇這个時陣，無講無呾的如仔，又閣轉來後頭厝矣！

　　「阿姊！這張批強欲予你看甲破去矣！閣看甲遮爾仔入迷，連恁小妹轉來攏毋知！」

　　看著如仔出現佇房間仔內，麗君驚一趒足大趒！

　　「你哪會雄雄轉來？是毋是恁良仔欺負你？共阿姊坦白講，阿姊替你出氣！」

　　聽著阿姊遮爾仔為家己，如仔聽甲煞愛笑。

　　「良仔曷敢？阮大家官現此時疼我若啥咧，伊才毋敢烏白來。」

　　「敢有影？恁大家官敢無共你壓落底？」

　　「壓落底？阮大家官規日攏嘛佇外口走甲無看見

影，現此時有一个刺查某、恁小妹，也就是我！共伊彼
个毋成团的後生管牢牢，良仔這馬乖甲若啥咧，阮大家
官疼我都袂赴矣，哪有可能共我壓落底？」

「講著嘛有影！若毋是姑不而將，親像良仔這款
人，有佗一个查某囡仔願意嫁伊咧？」

「所以你放心！惡馬惡人騎，良仔就是驚拄著我這
款關老爺！伊若敢假痟，就知死！」

看如仔那講那笑，麗君一直吊佇咧嚨喉空的彼粒
心，到甲這時，才真真正正囥落來。

「是阿爸敲電話共阮大官講，我這算是嫁出的頭一
冬，若照例，愛轉來後頭厝歇熱。」

麗君聽如仔講起才想著，確實，較早厝邊頭尾若有
人娶新婦，欲五日節進前會當轉後頭厝蹛幾工仔，上久
會當蹛十二工，等五日節過了後才閣轉去做新婦。

聽人講：「五月歇熱，六月快活」，新娘仔有快
活、無快活麗君是毋知影，毋過，新娘仔歇熱了後既厝
邊頭尾的等路，確實予遮的囡仔足歡喜佮快樂。歇熱的

等路攏袂穤，有的會睨粉粿，有的會睨仙草，麗君in姊弟仔上愛人睨米苔目，抐甜煮鹹攏總好，總是，有新娘仔轉去歇熱，這陣囡仔就有物通好食。

　　想袂到遮爾仔緊，今，連如仔嘛轉來欲歇熱矣，只是毋知伊會當踮厝蹛偌久。

　　「阮大家講欲轉來蹛偌久攏無要緊，毋過，轉去的等路有交代，叫咱愛攢phin$_{35}$ phong$_{51}$丸，我問講啥物是phin$_{35}$ phong$_{51}$丸，伊講叫我轉來問阿母就知影。」

　　拄咧講爾爾，月仔就提一包物件行入來麗君的房間仔內，看著如仔歡喜甲一直笑。

　　「如仔你轉來矣！來！緊來！這兩粒phin$_{35}$ phong$_{51}$丸你看覓咧，愛老實講喔！阿母是毋是兩種攏愛攢？」

　　麗君看對塑膠橐仔內底提出來的彼兩粒，明明就是一粒大一粒細的米芳丸，是按怎會共號做phin$_{35}$ phong$_{51}$丸？伊實在是誠好玄。

　　「這毋是米芳丸？哪會叫做phin$_{35}$ phong$_{51}$丸？」

「是啊！阿母，阮大家嘛叫我愛老實共你講，是欲講啥？」

月仔笑甲歡喜甲！因為人情世事的禮數，若毋是現此時有能力，若欲項項做甲到，真正會無米佮無灶。

毋過，老的若無講古，少年的就毋捌寶，這款傳統風俗到如仔這輩的，已經誠罕得人知矣，所以，會當借這个機會講予查某囝知，月仔真正有成就感。

「這，是恁大家歹勢問你有身矣未，所以叫咱攢 phin$_{35}$ phong$_{51}$ 丸轉去做等路，你若有身，欲睨人就愛有大有細；若無，睨人一粒大粒的就會當。你轉去的時，伊看著你紮的等路，就知影伊敢欲做媽未。」

「哇！有夠趣味！毋過，若欲睨人，是愛攢偌濟咧？親像阮大官交陪的朋友濟甲若山，咱毋著愛開足濟錢去做 phin$_{35}$ phong$_{51}$ 丸？」

「睨 phin$_{35}$ phong$_{51}$ 丸極加睨36份爾，若已經有身矣，一份就是一粒大一粒細，若無，睨一粒就會使。恁大家古意人，驚咱開傷濟錢，毋才會叫咱準備這項，若

無，睨米苔目、仙草這款甜路的，攏嘛規條巷仔攏愛睨甲到，彼開的錢，毋才是傷重。」

「佳哉，咱只要款36粒大粒的就會使。都無咧戀講！遮早做阿母！我猶未二十歲呢！」

「恁母仔就是無你遮巧，毋才二十歲就生恁阿姊。恁大姨攏講我好命，講如仔這馬若大肚，我免四十歲就會當做外媽。」

「阿母，我有佮良仔品好矣，伊若會當順利畢業，靠家己有才調飼家，我才欲生，若無，只是害囡仔加艱苦的爾爾，我才無欲夯囝債咧。」

麗君佇邊仔恬恬仔聽，本成叫是如仔會答應佮良仔結婚是不得已，想袂到，如仔家己早就有主意佇咧，看起來這層婚姻對這兩家的人來講，嘛毋是歹代誌。

月仔忽然間想著一件代誌，越頭過來問麗君。

「拄才恁和姆仔毋是有來？敢有講啥？」

「伊提衫過來予我，閣提耀賢兄寫的批過來。」

「無講著別項？」

　　麗君愈聽愈奇怪，和姆仔敢有啥物代誌愛伊交代予阿母知？是毋是家己傷厚話，煞予伊袂記得講？

　　「無呢！敢是有啥物要緊的代誌？阿母，無！我隨過去共伊問。」

　　聽麗君按呢講，月仔煞笑出來。

　　「昨昏，恁和伯仔有來問我佮恁阿爸，講耀賢連鞭就欲畢業轉來台灣矣，伊希望恁會當先手巾仔定，等伊的頭路確定矣了後，才完聘結婚。」

　　「我？佮耀賢兄？阿母！恁敢有答應？我想欲趁錢，無想欲嫁！」

　　「查某囡仔哪有無嫁的咧？恁和伯仔佮和姆仔攏是開化的人，你結婚了後嘛會當趁錢，我想，耀賢嘛袂反對才著。」

　　「人耀賢兄佇日本無定著已經有女朋友矣！恁遮的大人攏無先問過阮的想法，就按呢欲講親，毋是足奇怪的？」

　　「啊恁兩个毋是咧牽？恁和姆仔講耀賢逐禮拜攏會

寫批予你，閣捌對伊講起，以後若欲揣家後，一定愛揣親像你這款的。」

麗君一時間煞毋知欲按怎應，伊坐也毋是，徛也毋是，原來和姆仔掠伊碏碏笑的意思是按呢，伊閣傱面傱面，講講返有的無的。

想到遮，麗君有淡薄仔見笑轉生氣。

伊氣家己哪會遮爾仔大面神！毋但收人的衫，閣講欲替人煮食，這毋就是咧共和姆仔暗示家己想欲做伊的新婦？

「阿母！橫直現此時我無想欲嫁，以後嘛仝款！我佮耀賢兄的代誌，以後莫閣講矣！」

這一暝，麗君反來反去，全然睏袂去。

伊共餅篋仔內底的一百張批，全部提出來閣重看一遍，對第一張到最後一張，耀賢的每一張批雖然予伊溫暖佮力量，卻是完全無男女之間的彼款思慕。

麗君相信，這一定是和伯仔佮和姆仔誤會耀賢的意思。

　　而且，家己嘛才高職畢業爾，佮耀賢這个醫學碩士，哪配會得過？就算和伯仔佮和姆仔無要意，家己嘛愛有自覺，袂當按呢害著對伊遮爾仔好的耀賢。

　　所以，麗君佇月光下，寫一張批予日本的耀賢。

敬愛的耀賢兄平安：

　　今仔日收著你寫來的批，這是自我對大埤湖轉來了後，你寫予我的第一百張批。佇過去的這兩冬來，若無你按呢鼓勵我，毋知我敢有法度，佇每一改跋倒的時陣，有勇氣徛起來閣再向前行？

　　所以，佇我的心內，你毋但是阮的阿兄，更加是我敬重的老師、上蓋好的朋友，我尊存你，敬愛你，從來就毋捌有其他的想法過，若是我佇批內捌有啥物予你誤會的所在（應該是無啦），這定著是我的毋著，請你愛原諒我。

　　就親像你捌講的，我是一欉免人顧就會大甲足媠的刺查某，毋過，佇你人生的花園內，愛有的，應該是豔

色的玫瑰或者是高雅的百合，就算是清芳的桂花嘛好，總是，親像我這款野草，只是無路用的鎮地物，做你花園的主角，其實誠無適當。

感謝你兩冬來的照顧，凡事有開始就有結束，你做我的阿兄、老師這个角色，是一百分的人，我嘛向望家己，會當親像你全款完美，我相信未來就算無人寫批予我，跋倒的時，我嘛袂閣再驚疼，因為我知影，你會一直佇我的心內鼓勵我，安慰我。

未來，你愛專心你的前途，請你免閣再掛心我的代誌。嘛向望你會當有一个全世界上溫柔的人，陪伴你聊聊仔行未來人生的路。

　　　　祝你永遠幸福

　　　　　　　愚妹　林麗君敬上

隔轉工，麗君一下課就專工去大港埔的郵局，共這張航空批信，親身寄去予日本的耀賢。

（七）結果

「鈃～鈃～鈃～」

麗君的神魂猶佇夢中咧跙玲瑯，聽著一聲喨過一聲的鈴仔聲，伊倒佇眠床、目睭瞌瞌，想欲共亂鐘仔抑掉，毋過，無論伊按怎抑、按怎拍，鈴仔聲就是停袂落來。

麗君誠憢疑：這敢是咧陷眠？若毋是，哪有遮諏古的代誌？

「電話霆遐久，你是攏無聽著是毋？」

月仔行入房間，共窗仔簾搋開，日頭光拄好照佇麗君的目睭頂懸，予伊想欲閣睏嘛無法度，只好半睏半清醒，坐佇眠床頭接目睭。

「我叫是亂鐘仔咧霆，煞無去想著是電話咧喨，是啥人七早八早敲電話來？」

「七早八早？日頭已經曝尻川矣呢！緊去聽電話，是恁班長敲來的，莫予人等傷久！」

　　麗君到甲這時才完全清醒，隨起床去共電話接起來聽。

　　「喂？」

　　想袂到伊才開喙爾，吳美雲的聲就若連珠炮城，一點落就規个停袂落來。

　　「阿君仔！你實在有夠無良心呢！電話敲予你遐濟擺，攏毋捌回我半改！猶閣有！是按怎咱的同窗會你攏無欲來？恁阿母敢攏無共你講？同學誠想你呢！全咧問我你這馬咧創啥？你是按怎攏無欲來相揣咧？嘛無欲敲電話予我？喂！喂！恁兜電話的線路敢是有問題？哪會攏無聲？」

　　「電話無害去啦！你一開喙就遐濟問題，我的頭殼紡袂過來啦。」

　　「著嘛！你愛開喙講話，若無，我會叫是阮兜的電話線，又閣予我講傷久燒歹去。」

　　「你全款遐爾仔愛講笑！確實，真正誠久無聽著你的聲矣，你對台北敲長途的來，我煞予你等遐久，歹

勢啦！昨昏加班甲足晏，天欲光才睏去，peh無啥會起
來。」

「放心！我這馬佇高雄，這通是市話。是講，你是
定定咧加班是毋？今仔日敢閣愛？」

「欲倚年矣，阮公司欲規個月攏若咧相戰咧，佳哉
結關日所有的單，阮昨昏攏全處理了才下班，今仔日總
算會當歇一下仔喘。」

「若按呢，咱今仔日做伙食飯敢好？」

「嗯……」

「做你放心，我袂招咱這班的人來。你同窗會攏無
來，我大概就知影你的意思，是我足想你的，想欲知影
你最近敢好？毋才欲招你食飯。」

「幾點？欲約佗位等？」

「七賢路口有一間王牌咖啡廳，你若坐十二號公車
來，就佇青山外語這站落車，過中山路了後就隨會看
著，咱約十二點敢好？」

「好！咱等一下見面才閣講。」

麗君電話掛掉，人坐佇膨椅煞開始頤神。

高職三冬想袂到遮爾仔緊就過去矣，除了麗君，這班的同學攏有繼續讀二專，親像吳美雲就考牢台北商專。

佇欲二專開學進前，美雲有招過兩擺同窗會，麗君攏無參加，一方面是因為報關行的工課確實不止仔無閒，講起來猶原是佮同學無話講，硬去參加同窗會嘛無意思。

月仔看麗君按呢會愈來愈孤單，所以就勻聊仔苦勸伊。

「若恁班長閣咧招同窗會，你就去佮同學見一下仔面咧，知無？現此時你已經出社會矣，加減愛佮人交陪；閣再講，你莫共家己逼甲遐爾仔絚，出去敨一下仔氣嘛好。」

「阿母，你講的我攏知，毋過，我感覺趁錢足快樂的！一點仔都袂忝。」

「你叫是阿母攏毋知是毋？你全是為著阿母才會遮

辛苦。」

「若毋是我堅持欲搬離開草衙，阿爸佮你嘛免加納遐濟厝稅。」

月仔知影這个查某囝誠硬氣，吐一下仔大氣就無閣加講落去矣。

會離開草衙搬來獅甲蹛，是月仔從來都毋捌想著的代誌。

伊有淡薄仔怪家己「食緊挵破碗」，彼日若莫當如仔的面共彼件代誌講講出來，無定著麗君嘛袂堅持欲搬厝。

雖然麗君口口聲聲攏是新草衙連鞭欲拆，早、晏攏愛搬，趁伊已經揣著頭路矣，志仔嘛欲轉大人，愛有家己的一間房，講規氣稅一間較四序的公寓來蹛。

毋過月仔知影，這是家己共猶未成的親事黜破講開，予麗君驚見笑，更加驚去拄著耀賢，毋才會急欲搬厝。

聽麗君不時喃講：「我這世人無欲結婚，欲佮阿爸

阿母做伙生活到老。」

月仔知影麗君有孝，嘛知影伊是按怎逐工攏咧加班的原因。

除了稅公寓、志仔補習等等的開銷變大的因素，上主要的，猶是這半冬來家己的醫藥費，實在太傷重咧，若欲靠義仔現此時走車所趁的錢，想欲來扞這个家，根本就無可能。

人攏講糖尿病是富貴病，月仔實在想無，親像伊這款艱苦人，三頓白飯攪菜湯，連肉都毋甘食的散赤人，哪會致著這款病？

月仔定期愛去病院提藥仔做檢查，閣愛買射筒轉來注胰島素，項項攏著錢，伊閣無勞保，去病院全部攏愛開家己，若毋是有麗君逐個月加班趁遮濟錢，遮爾仔傷重的費用，是欲按怎負擔會起？

雖然麗君總是對伊講：「錢，長性命的人的。」愛伊專心治病，莫閣去做工矣，毋過，只要想著這个查某囡為著這个家遮爾仔拚勢，就難免會吐大氣。

「阿母！你莫不時按呢吐大氣啦！好啦！我聽你的話，等一下就欲和吳美雲去食飯矣！」

「恁加講寡話，免趕欲轉來食暗，若欲超過十點才轉來，愛敲電話喔。」

「十點？袂遐暗啦！曷有遐濟話通講！我會較早轉來的。」

欲出門的時，麗君有淡薄仔妝，毋但抹粉點胭脂，閣佇衫仔櫥揀一領較雅氣的洋裝出來穿。

這半冬來，佳哉有彼時足仔提過來的這幾軀洋裝，若無，欲綴頂司去佮客戶應酬的時陣，麗君就無遮正式的衫通好穿矣。

麗君坐佇十二號的公車頂頭，全款的這條路，這時的心情，佮讀高職的彼當陣全然無全矣！無偌久，公車就停佇七賢路口，伊三步做兩步行，行入去王牌咖啡廳的時，親切的服務員，歡頭喜面迎接麗君。

「歡迎光臨，請問是一个人抑是……」

服務員就猶袂問煞咧，麗君就看著內底的吳美雲徛

起來向伊攕手矣。

「阮佇遮！」

美雲坐佇上內底的窗仔邊，一看著麗君就笑甲若親像一蕊當咧開的花全款。

「你這个大無閒人！有夠歹約！佳哉你無放我粉鳥，若無，我誠實毋知欲按怎對人交代。」

麗君坐落來了後，才發覺坐佇美雲的邊仔，有一个頭殼犁犁的查埔人，身形予麗君感覺誠熟似，煞想袂起來捌佇佗位看過。

「你閣有約別人？歹勢，我傷早來矣！我先來外口等，恁慢慢仔講，無趕。」

猶袂赴聽著美雲的回答，麗君就看著攑頭起來的這个查埔人。

這个人，予麗君看甲愣去。

「誠久無看見矣！你看著我就欲走，敢誠實袂記得我矣？」

麗君當然嘛會記得伊！

　　予麗君按怎想都想袂著，現此時坐佇美雲邊仔的這个人，竟然是武雄伯仔in兜的黃建菁。

　　「黃建菁！你哪會佇遮？敢講恁兩个……」

　　「你是想對佗位去啦？我是聽著吳美雲欲約你出來食飯，特別綴來看你的！」

　　「恁無咧交往？看你兩个坐做伙，感覺誠四配！是講，恁哪會相捌？」

　　遮的話，予吳美雲聽甲規个面紅記紀，規个頭攏毋敢越對黃建菁遐去。

　　「你是烏白講啥啦！阮是佮陳嘉雄遐相捌的，只不過是普通朋友爾，毋是你想的按呢。」

　　聽著陳嘉雄這三字，麗君的心若親像予雷公雄雄摃一下，佇大腦猶袂赴反應的時陣，規身軀就予這个名電甲跤麻手掣。

　　「恁佇台北有拄著陳嘉雄？」

　　「是啊！自伊休學去台北了後，三不五時就會寫批來予我，後來我考牢台北商專，閣是伊陪我去學校報到

的呢！嘛是彼工，我和黃建菁才識似，後來，阮三个人有閒就會見面，上捷講的，全是你的代誌喔！」

建菁佇邊仔定定看美雲講話，一面聽一面頕頭，等到美雲啉茶的時陣，伊才有機會開喙。

「信榮仔共我講嘉雄欲來台北做塗水的時，我猶無相信，後來才知影in兜發生的代誌。阮學校三頓攏是在阮食免錢的，所以就定定包便當過去和伊做伙食，後來，吳美雲嘛捷過來替阮加菜，毋才阮三个人變做是『麻吉』[12]的！」

麗君聽著嘉雄一直有寫批予美雲，閣想著這三个人佇台北互相做伴的情景，一時喉滇，吞袂落去的心內話，就按呢全澍對美雲的身軀頂去。

「你哪會攏無講陳嘉雄有寫批予你？」

---

12 源自英語 match，可能通過日語 マッチ（matchi）而轉變成台語，意指非常志同道合的死黨、非常親密的朋友。

　　「你也從來毋捌問啊！我猶咧想講你這个人哪會遮爾無情，一畢業，規个人就若親像斷線的風吹，和人攏無聯絡，我是欲按怎對你講陳嘉雄的代誌？」

　　「是啊！連阮阿爸都毋知恁搬去佗位，講，恁欠人遐濟錢的時，逐家攏知恁厝蹛佇咧佗；債務還清了後，恁煞顛倒半暝搬咧走。厝邊攏咧臆，是毋是恁阿爸又閣去跋筊，欲走路，才會搬甲遐爾雄。」

　　當初時厝會搬甲遐爾仔緊，內面的原由，麗君毋知欲按怎開喙對眼前的這兩位朋友講，伊心內的委屈，更加無法度講予任何人聽。

　　現此時佇麗君的心肝內，全全是遮的疑問。

　　一張寫過一張的批，對陳嘉雄來講，敢一點仔意義都無？伊會當寫批予吳美雲，陪人去學校報到，是按怎連一張回批都無時間通回？需要力量的時陣，陳嘉雄伊到底佇佗位？

　　麗君恬恬想欲共心緒壓落去，伊誠希望會當對家己講：「陳嘉雄對吳美雲按怎，彼是伊的代誌，佮家己一

點仔底代都無。」

　　猶毋過，伊做袂到，只要想著家己佇陳嘉雄的心內，連一屑屑仔的影跡都攏無，雙蕊目睭原本干焦雨霎仔爾，目屎到這時煞變成大水雨，流甲伊規个心強強欲崩去。

　　美雲對皮包仔內底提出手巾仔予麗君，閣共伊冷吱吱的肩胛頭攬牢咧，毋知欲按怎安慰伊。

　　「你毋通怪嘉雄無聲無說，你敢知影伊這一冬外來的折磨佮痛苦？你敢知影，一直到美鳳阿桑欲過身去進前，伊彼款無魂附體、直直拚欲趁錢的模樣？若毋是信榮仔佮我逼伊愛食飯、愛睏，無定著伊早就倒落去矣。」

　　聽著建菁按呢講，麗君心內嚓一趒足大趒！

　　美鳳阿桑過往去矣？遮大的代誌，哪會攏無聽著阿爸、阿母講起？

　　麗君原本就艱苦的心情，現此時更加傷悲。

　　想著家己細漢受美鳳阿桑逷濟恩情，現此時煞連欲

去共拈香的機會都無矣，連欲還都毋知愛按怎還起！親像家己遮爾仔無情無義的人，莫怪嘉雄連甲一張批都無願意寫予伊。

麗君的目屎是愈流愈濟，濟甲共出門的時，所抹的胭脂水粉全部洗掉去矣。

美雲目頭結結對建菁講：「你無代無誌講遐的傷心代欲創啥？」

「我是看伊對嘉雄若親像有誤會佇咧，毋才想欲解說，哪知愈講愈害。」

就佇這个時陣，麗君發覺有一个人徛佇伊的尻脊後。

這陣對尻脊骿傳過來的溫度，予麗君足熟似，因為這溫度，和三冬前的彼个早起，伊坐佇Suzuki後座所感受著的，一模一樣。

麗君知影，嘉雄轉來矣。

【第三篰】蜜佇向時的真滋味

（一）生食的滋味

假使有法度，嘉雄足希望時間會當永遠停佇咧前往大埤湖的彼段路，彼段有麗君坐佇後壁、聽伊心聲的時間，是伊活到這个坎站，唯一甜蜜的一橛甘蔗頭。

原底嘉雄不止仔怨嘆天公伯仔誠無公平，予家己出世佇這款家庭；後來到看著麗君in三个姊弟仔，才知影天公伯仔猶是較偏家己，至少毋捌枵飢失頓過，更加毋免為著欲趁淡薄仔錢，著愛去臭薟薟的蝦仔間擘蝦仔。

尤其是麗君，伊人瘦卑巴煞毋知閣遮有力，毋但做代誌頂真閣誠猛掠，連家己都感覺誠硬篤的穡頭，竟然

有法度屈佇灶跤炊規工的粿，予嘉雄誠佩服，嘛是對彼個時陣開始，伊的目晭佮規個心，攏予麗君拖咧行。

　　對阿母捷咧講的話內底，嘉雄誠了解麗君的個性。

　　一個自尊心遐爾仔強的查某囡仔，放棄人人求之不得的學校去讀高職，定著是有不得已的苦衷，嘉雄替麗君煩惱，煞毋知家己愛按怎做，才會當共伊拍結毯的目頭，一跡一跡替伊熨予平。

　　佳哉，吳美雲的出現拄好是一個機會，予嘉雄會當知影麗君佇學校的情況，會當怙烘肉、聯誼等等的活動，改變伊予人孤佬的印象。

　　嘉雄永遠會記得彼一工的早起時，伊騎阿母彼台五十仔去第七分局附近等麗君出現。

　　彼段路，麗君就坐佇伊的後壁，倚家己倚甲遐爾仔近，身軀頂芳雪文的味，就親像黃梔仔花當開，一陣過一陣，貫對嘉雄的鼻空內，予伊感覺家己的心臟強強欲跳出來……

　　若準會當，伊足希望這段路永遠會當繼續騎落去。

　　可惜，時間無分大細漢，嘛毋捌問過任何人的意願，伊一分一秒流過每一个人的性命，才會予嘉雄對幸福的彼目nih，跋入看袂著底的烏暗深坑。

　　「既然無法度改變已經發生的代誌，嘛已經做選擇矣，就算頭前的路坎坎坷坷，我袂閣越頭看，因為，我無想欲後悔。」

　　嘉雄休學去台北的第一工，伊共這段話寫佇予吳美雲的批裡，寄出去的時陣，伊嘛按呢對家己講。

　　毋是嘉雄無願意寫批予麗君，對伊寫來的批信內底，嘉雄嘛感受會著麗君的感情，只不過，家己現此時的生活就若一條猶未到分的苦瓜，對蒂頭到內瓤，無所不苦，這款苦汁，連家己著愛咬斷喙齒根才吞會落，伊哪甘予家己要意的這个人，陪伊做伙啖？

　　「愛，是盡力予家己幸福，嘛予對方感受著你，因為伊的存在，變甲遐爾仔幸福。」

　　嘉雄捌佇一本冊看過這段話，佇阿母猶未倒落去的彼時陣，伊共這段話寫佇批紙裡，本成是欲等有一工，

共批提予麗君看，予伊了解家己的感受。

　　現此時，伊已經無才調予任何人幸福矣！既然無法度予麗君幸福，又閣何乜苦繼續佮伊觸纏落去？

　　嘉雄想是按呢想，毋過，伊的心煞不願聽伊的話，不時咧反起反倒，強迫家己寫批去問吳美雲：麗君的日子，過了敢有好？

　　後來知影麗君考牢人人欣羨的好頭路，嘉雄雖然嘛替伊歡喜誠久，不過自卑自嘆逐日佇心內咧刑虐家己。

　　嘉雄管袂牢家己的心，只好用工作來麻痺，日時做塗水，暗時顧超商，歇睏日閣去揣散工來做，因為干焦著忝甲袂振袂動，伊的心才會恬靜落來，袂閣再凌治。

　　若毋是彼暝拄著建菁，揣著轉來高雄的路，嘉雄到今猶佇苦海內底沐沐泅。

　　「叮咚！」

　　「歡迎光臨！」

　　彼工半暝，黃建菁行入來超商的時陣，陳嘉雄當夯一箱麥仔酒咧補貨。

「聽信榮仔咧講的時，我猶毋信，想袂到你誠實佇遮。」

聽著故鄉的囡仔伴，一開喙就是這款話，嘉雄有淡薄仔受傷。

「我也無偷也無搶，佇遮做店員有啥物毋好？」

「你敢著愛按呢刺夯夯？咱攏是草衙出來的艱苦囡仔，我拄來台北的彼當陣，若無課，定定嘛綴信榮仔去做小工趁錢。職業無分貴賤，你做店員有啥物通笑？」

「無，你來遮欲創啥？」

「是信榮仔叫我過來看你的，伊誠煩惱你按呢操，身體會袂堪得，閣叫我來勸你共大暝班辭掉。」

「我的代誌，伊管管遐濟！身體是我的，我家己會看款，恁免操煩。」

「咱自細漢就做伙大漢，你蹛佇伊遐，閣講袂聽，干焦欲做無欲食，連睏嘛無啥睏，你若出代誌，信榮仔是欲按怎對恁厝裡的人交代？」

聽著建菁遮的話，才予嘉雄冷吱吱的心沓沓仔燒烙

起來。

信榮仔雖然對伊誠好，毋過伊做人較條直、較無話，加上佇工地嘉雄不時會和別的小工冤家量債，予伊歹做人，所以伊捌激面腔予嘉雄看。

啥人知影，嘉雄竟然會為著按呢，就無閣俗信榮仔相交插。

嘉雄確實是想袂到，到今，信榮仔猶是替家己操煩，閣會叫建菁仔來看伊。

到甲這時，嘉雄才知影啥物叫做：「拍虎，掠賊，親兄弟。」伊俗建菁、信榮雖然毋是親兄弟，猶毋過，這款互相照顧的感情，有影是比兄弟仔閣較親。

後來，建菁仔就逐日來超商陪嘉雄上大暝班，閣共早前考大學的筆記提來予嘉雄，趁三更暝半較無人客的時陣，替伊共功課補轉來。

「若是恁阿母的醫藥費拍會過，你應該愛共這大暝班的頭路辭掉，認真準備重考大學。若無讀大學，等你滿二十歲，嘛著愛去做兵，時到恁阿母的醫藥費，獨獨

欲靠恁小妹一个人趁的，彼是無可能負擔會起的。」

　　建菁的話總是有伊的道理，予嘉雄不時咧想：「若是彼當陣，有親像建菁這款阿兄替我做主，我是毋是無一定愛休學，嘛有法度揣著解決醫藥費的辦法？」

　　嘉雄大暝班的頭路都猶袂赴辭掉，伊就接著嘉真敲來的電話，講阿母因為嚴重的感染，已經無救矣，病院共人送轉來厝裡，叫嘉雄趕緊轉去看最後一面。

　　轉到厝的時，嘉雄看著家己的阿母已經徙鋪矣，伊對門口用爬的，那吼那喝：「阿母！你哪會無等我？無欲等你這个不孝囝？」

　　嘉雄跪佇靈前，頭一直磕、一直磕，磕甲頭殼額仔攏流血出來矣……

　　「天公伯仔是按怎無欲忝我走？你猶未予我有孝著，阿母，你轉來！轉來！」

　　辦美鳳仔後事的這段時間，信榮、信輝、建菁這三个人逐工都過來鬥相共，閣綴嘉雄傱出傱入安排所有的工課。

　　欲放訃音的時陣，建菁有問起敢欲通知已經搬出草厝的老厝邊，嘉雄愣愣干焦會曉幌頭，猶是嘉真考慮甲較斟酌。

　　「這毋是啥物好代誌，厝邊若知，欲來拈香阮無法度擋，毋過，若刁工放白帖仔，驚會予人感覺拍觸衰。」

　　建菁才想著早前捌聽家己的阿母講起，命底較清氣相的人，除了親人，是袂當看喪的，若無，身體就會無爽快，厚囉嗦。

　　「嘉真講了有影，確實有人會忌，親像義叔仔in兜的麗君就是按呢，無，咱就省事事省，厝邊的訃音就莫寄矣。」

　　「建菁兄，嘛請你愛共阮鬥會記得，等阮阿母出山了後，愛提醒我睨一包糖予遮的厝邊。」

　　「現此時恁規條巷仔的人都搬欲了矣，恁閣辦甲遮覕鬚，也無覕嘈著啥人，敢閣愛睨糖？」

　　「阮阿母在生的時，上驚去麻煩著別人，聽雅惠講

阮阿母欲做藥懺彼工，昆龍嬸仔會款桌過來贊普，阮若無睨糖予遮的厝邊，阮阿母定著會怪阮的。」

佇告別式彼一日，猶蹛佇新草衙的厝邊多數全有來拈香，像昆龍嬸仔款供品來拜的人嘛袂少。

美鳳仔這世人罕得佇遮大的場面做主角，佇嘉真捙牢牢的彼張相片內底，無人看會出來，第一改做主角的美鳳仔，毋知敢會驚？

人講：「福無雙至，禍不單行。」美鳳仔的後事拄辦煞，海仔煞嘛佇兩禮拜後吐誠濟血，送到病院的時，連醫生都無欲收矣，講，留一口氣轉去厝，比佇病院折磨較好。

佇一個月內相連紲辦兩場喪事，予嘉雄瘦欲十公斤，轉去台北的時，強強欲倒落去，信榮仔硬押伊食飯，閣叫伊至少愛歇一個月才肯派工課予伊做。

「你連沙挑都攑袂起來矣，是欲按怎做工？緊共家己顧予好才要緊。」

這段日子，若毋是建菁佮美雲逐日來，嘉雄毋知影

家己敢閣有勇氣徛起來。

「既然恁阿爸阿母都已經無佇咧矣！你愛為你的將來拍算。你免驚！現此時讀大學無以前遐困難，公家銀行已經開始辦就學貸款，你只要考會牢，學費、生活費攏免操煩。大學的獎學金嘛誠濟，只要認真讀，免驚無資源通揣。」

佇建菁的鼓舞之下，嘉雄有轉去雄中提著同等學歷的證明，逐日散工了後，就照建菁所建議的進度，開始準備考大學的功課。禮拜日歇睏，美雲就會買菜蔬、買果子過來，閣刁工講笑詼予這三个獨身仔聽。

「敢知影是按怎我愛來恁遮？因為恁三个攏比我較厲害，我只要佇邊仔等，就有好物通食！毋著較緊起鼎動灶！我早就栺甲大腸告小腸矣！」

建菁攏講，美雲一个人會當拚倒一團的康樂隊，只要有伊佇咧，永遠毋驚無聊。

嘉雄嘛誠愛看著美雲，見擺若看伊來，規个心肝就攏咧期待，希望會當對伊遐聽著麗君的消息。

「麗君自畢業了後，就攏毋捌佮阮任何人聯絡過矣，我有敲幾若改電話予伊，聽講伊誠無閒，攏咧加班，毋才連我嘛無見過伊的面。」

「頂逝有聽人講伊已經佮人訂婚矣，這敢是真的？」

「我就是聽你講，閣特別敲電話去問！聽麗君的阿母講，彼是別人烏白傳的啦！若真正訂婚等欲嫁人，哪著逐工加班甲遐忝咧！」

建菁看著嘉雄的這款模樣，略仔知影伊的心意，勻勻仔對美雲遐看過去。

美雲予建菁看甲規个面攏紅起來矣，講：「你有代誌毋著講，莫按呢看我啦！予你看甲攏起雞母皮矣。」

「我有代誌欲拜託你。」

這是建菁第一改拜託美雲。

「任何代誌攏予你拜託。」

這嘛是美雲第一改答應建菁。

「等這改歇寒，咱轉去高雄的時，你替阮共麗君約

出來食飯。」

　　「我愛先踏話頭，伊會來袂來，我毋敢保證！」

　　「橫直你共伊約出來，若伊無來，咱三个做伙食一頓飯嘛誠好。這改我出！」

　　「是按怎愛你出？」

　　「食人一口，還人一斗。我不時咧食你的物件，閣食遐濟口，還你一斗敢袂使得？」

　　「我紮來的物件攏生的，你捌生食過喔？」

　　「你定著毋知影我是按怎欲叫黃建菁（tshinn）乎？因為我『見』擺食的，攏是『生』的。」

　　聽著嚴肅的建菁嘛會曉拍抐涼、練痟話，予信榮、嘉雄佮美雲攏笑甲喙仔裂獅獅。

　　尤其是嘉雄，看著眼前的這陣朋友，心內誠實足感動、足感動的。

　　伊佮麗君敢誠實猶閣有見面的彼一工？

　　嘉雄毋知影，毋過，伊足希望這个寒人會當較緊來。

（二）苦鹹的攪拌

「阿母，阮誠久無見面矣！毋知會講甲幾點，所以袂轉去食暗，嘛毋知當時會轉去。恁先睏，我有鎖匙，毋免等我。」

王牌咖啡廳佇高雄會遐爾仔出名，上主要的原因就是逐桌攏有設一支電話，會當予來啉咖啡的人客敲免錢的，麗君就是用這支免錢的電話，敲轉去共月仔講欲較晏轉去。

麗君捌聽同事講過，這間咖啡廳的服務生素質好甲予人會觸舌，毋但身懸有要求，面模仔閣愛生得媠，學歷嘛愛高職以上，予伊聽甲足懸疑：這到底是偌高級的咖啡廳？哪會揀服務生袂輸好額人咧揣新婦？

一直到掀開menu的彼當陣，麗君才知影，原來所有高級的服務攏是有價數的。

若毋是吳美雲約佇咧遮，伊閣無愛予人看做是庄跤㑔，佇看著一杯咖啡愛遐濟錢的彼目nih，麗君早就起

跤lōng矣。

「恁有想欲食啥無？遮「藍山」的氣味誠好！我若有來攏會點。」

美雲極力推薦的咖啡，煞予麗君聽甲霧嗄嗄。

「零星的？遮的咖啡貴參參，若點零星的敢有較俗？」

聽著麗君按呢講，其他的人攏笑出來，尤其是嘉雄，伊從來毋捌聽麗君講笑詼，所以笑甲特別大聲。

「你是真正毋知，抑是刁工講欲予阮笑的？」

「我透世人捌啉過的咖啡，只有阮前鎮國中對面的彼間『夏一跳』爾，人伊的咖啡干焦分有摻糖佮無摻糖的，曷知猶閣會當零星買，莫笑我啦！」

「啊！」

當逐家攏笑袂離的時陣，美雲雄雄喝的這一聲，干焦建菁聽有伊欲創啥。

「你是買幾點的票？」

「攏你啦！有夠無誠意！欲請我看電影閣叫我先去

買票。你敢知影三多戲院的票有偌爾仔歹買？我干焦買
著一點的票,看欲按怎,這馬欲十二點半矣!」

「我看,咱猶是先來走,無會趕袂赴這齣電影。麗
君,嘉雄,恁先佇遮勻聊仔講,等阮電影看煞,才閣過
來看恁走矣未,敢好?」

看麗君佮嘉雄雙雙頕頭了後,美雲就和建菁前後跤
離開咖啡廳矣。

這兩个人咧變啥魍,其實麗君心內蓋清楚。

伊咧想,無定著一開始就是嘉雄的主意,驚伊拒
絕,才會拜託美雲敲電話約伊出來食飯。

確實,若準一開始就知影陳嘉雄會來,麗君是絕對
袂出來見伊的,現此時賰in兩个相照目,麗君感覺誠礙
虐,嘛誠生份。

嘉雄看起來瘦不止仔濟,皮膚嘛變甲足烏,和往過
會當予伊佇尻脊後颺風的彼个人差足濟,尤其是彼兩蕊
目睭,揣無記持當中清彩的模樣,暗毿甲予人看著會畏
寒。

「誠罕得看你穿遮婿的洋裝，你按呢打扮誠好看。」

麗君猶袂赴回應伊的時，服務生就笑微微行過來，共in點的「藍山」咖啡园佇桌仔頂，閣向in行一下禮。

「恁的咖啡來矣！請慢用。」

彼兩杯猶咧衝煙的烏咖啡，貯佇婿婿的杯仔裡，嘉雄煞目頭結結，先捧起來啉一喙。

鼻著芳閣醇的氣味，又閣遐好食款的模樣，麗君嘛學嘉雄按呢，一手捧砓仔，一手提杯仔，才tsip一下爾，規个喙攏是苦閣澀的滋味，害麗君險仔去予嗽著。

「這哪有咧好啉咧！誠實想無吳美雲哪會揀佇遮見面？有夠歹食貴！」

「因為這个所在是我講欲來的，我現此時踮佇附近，阮做伙來過兩改。」

嘉雄對橐袋仔搝出一包「白長壽」，閣用咖啡廳的番仔火點一枝薰來噗。

佇白色的煙霧內底，嘉雄的笑容看起來誠無奈。

「你當時會曉食薰的？你毋是有瘁哂？食薰敢無要緊？」

「佇台北的彼款日子，若無薰，是欲叫我按怎度？閣再講，紲落來我欲講的，若無這枝薰，是無法度起頭的。」

彼工下晡，麗君彼杯「藍山」的咖啡愈啉愈濟，因為嘉雄的彼段日子，予伊愈聽愈心酸，袂赴拭的目屎全部滴落去咖啡內。

嘉雄彼包「白長壽」是愈來愈扁，一概閣一攄的薰頭內底，有伊種種的無奈佮痛苦，嘛有伊對未來的計畫。

「我已經去補習班報名矣！嘛已經蹛佇返的宿舍，閣半冬的時間，我想欲拚大學看覓。」

「蹛宿舍？是按怎無欲轉去厝蹛？加負擔宿舍的費用，你敢有法度？」

「補習班佮蹛宿舍的錢，是信榮仔先替我出的，伊叫我免煩惱錢的問題，這站仔伊投資股票，有趁袂少

錢。伊講欲投資我讀大學，以後等我若有錢，才還伊就
好。」

「信榮兄對你實在有夠好！」

「閣再講，我真無想欲轉去彼間厝，只要想著蹛佇
遐的日子，我就會陷眠。而且，阮厝隨就欲拆矣，我共
嘉真講，阮攏愛認真思考家己的未來，建菁兄嘛不止一
改對我按呢講，所以，我才會下定決心，欲考大學。」

「拄才聽你講，我才深深感受著咱這沿的囡仔，互
相照顧的珍貴。你佇台北的日子，若無信榮兄佮建菁
兄，毋知閣愛加食偌爾仔濟苦咧。」

不知不覺，天色已經沓沓仔暗落來矣。

王牌咖啡的服務生，當咧一桌一桌替人客點蠟條，
予本底就誠清幽的氣氛，佇蠟條照光了後，加添袂少浪
漫。

「這齣電影實在有夠長，阮班長佮建菁兄到今猶未
轉來。」

「是啊！這齣戲實在有夠長，所以，我想欲問

你……」

看著嘉雄光彩的眼神又閣轉來矣，麗君規下晡綳牢咧的情緒，這時強強欲煏破。

本底就有的感情，閣予一段閣一段嘉雄的故事，攪抐甲強強欲溢出來，麗君現此時的心臟跳甲連家己都聽會著，若是這時陣嘉雄向伊坦白感情，伊敢愛順從家己的心，和伊做伙行以後的路？

「你是想欲問阮阿君仔啥物代誌hannh？」

美雲若揖壁鬼仝款，雄雄對麗君的尻川後跳出來，建菁綴佇美雲的邊仔，表情看起來誠無辜。

「攏怪班長啦！阮早就轉來矣！是伊叫我莫出聲，叫我坐踮後壁，講等欲看好戲。是講，阮聽遐久去矣，逐項攏有聽著，煞聽無上重要的彼一項。」

「就是講啊！害我欶遐濟二手薰，實在有夠臭的。陳嘉雄，你的薰誠實愛改！若無，看啥人欲插你。」

美雲輕輕仔共麗君的肩胛頭攬牢咧，目睭仁內底，全全是笑容，有建菁的，嘛有嘉雄的。

　　麗君的心內，想起建菁所講的：「美雲一个人，會當拚倒一團的康樂隊。」

　　麗君共彼杯早就涼去的「藍山」咖啡，一喙共啯落去，苦鹹苦鹹的滋味，佇美雲笑聲的攪捵了後，若親像嘛無遐爾仔歹落喉。

（三）慢火真工夫

　　麗君下班轉到厝的時，看著月仔佮義仔佇客廳拄欲切一塊肉餅，予伊忍規工的彼腹火全夯起來！

　　「阿母，你閣敢食大餅？你有糖尿病呢！敢毋知這遮爾仔甜，會予你的血糖衝懸？」

　　義仔看麗君一轉來就喝甲大細聲，罵月仔若咧罵囡仔，予伊聽甲誠無歡喜，聲頭就有淡薄仔重。

　　「飼囝哪有較縒？恁母仔艱苦規世人，現此時連食一塊仔餅就愛予你罵大罵細！以後哪敢向望恁有孝？」

　　「阿爸！你哪欲按呢枉屈我？人醫生千交代萬交代，叫阿母一定愛噤喙，若無，控制無好有可能愛洗腰

子，心臟嘛會害去，我是為伊好，哪會是驚伊食咧！」

麗君講了在理，伊的委屈嘛予月仔看甲足毋甘，所以就行過去共麗君的手牽咧，坐落來了後，才聊聊仔講予伊聽。

「是我看著彼塊餅有夠柝饞，毋才會佇邊仔貓貓相，恁爸仔看著就講，久久仔食一塊仔應該無要緊，毋才欲偷切一塊仔來予我啖氣味。啥人知，才拄欲切爾，就予你掠著矣！」

聽月仔講了後，麗君才對家己的態度，有淡薄仔後悔。

伊知影，這是家己積規工的氣無所在敨，煞提阿母食肉餅這層代誌咧使性地，是家己毋著代先，莫怪阿爸會受氣。

只是講，欲共家己的阿爸阿母會失禮，是誠需要勇氣的代誌，所以麗君只好鼻仔摸咧，共肉餅提來做話題，共心內對阿母的虧欠，踅對別位去。

「這是啥人訂婚啊？閣晛甲遮工夫，有大餅閣有盒

仔餅，看起來開袂少錢喔。」

「遮是恁和姆仔提過來的，講碧玉仔欲嫁矣！伊回門彼一工，叫咱規家伙仔攏過去予in請。」

「碧玉毋是才加我一歲爾？連鞭欲嫁人矣？是欲嫁佗位？」

「聽恁和姆仔講欲嫁去台南，對方佇成大咧做醫生，是耀賢佇日本讀醫科的同窗。聽講查埔彼頭佇地方上是大家族，台南人結婚的鋩鋩角角是遐濟，禮數若無做予周至，驚碧玉仔嫁過去會予人看無，毋才小定佮大定的餅全睨甲到。」

聽著耀賢的名，麗君的心肝頭若像一陣風吹過，亂操操的彼粒頭殼，到甲這時才坐清。

已經誠久去矣！若是家己佮耀賢猶咧寫批，這站仔理袂清的心事，伊一定有才調開剖予家己聽。

麗君行入家己的房間仔內，共囥佇餅筬仔內底的彼一百張批，一張仔一張，勻勻重襇開來看。

這時，麗君已經忍誠久去的委屈，佇讀批的時陣全

部躘出來矣。

　　咧欲半冬矣！自彼日對王牌咖啡廳轉來了後，麗君叫是嘉雄會親像耀賢兄全款，就算無法度定定見面，無，嘛會當敲電話抑是寫批來予伊。

　　對彼時開始，麗君只要聽著厝裡的電話咧嗐，伊就會搶欲去接電話，予義仔佮月仔看甲攏幌頭。

　　罕得見面的嘉雄，久久仔約麗君出門一擺，見講就是咧講股票。

　　「你敢知影信榮兄佇台北買厝矣！伊做的彼幾支股票，逐工都紅記記，講，股市的錢毋但淹跤目，閣淹到肚臍遮來。最近我咧想，無嘛來申請一个口座，共阮拆遷的補償金，全提來做股票。」

　　「人信榮兄是咧是做建築的，對彼幾支股票的市草毋才較知路；你現此時當咧準備考大學，哪有時間通看盤咧？」

　　「我看彼股市逐工起，哪著看盤？橫直買落去就是趁！等我以後若考牢大學，欲納註冊錢就免煩惱矣。」

「建菁兄毋是講會當請助學貸款？學校閣有獎學金，只要考會牢大學，免驚無錢通讀，你敢著愛遮爾仔冒險？綴人跂股票？」

「借錢敢免還？閣再講，做股票佮跂筊哪有全款？人彼是正當的投資，佮恁阿爸奕筊、簽『大家樂』是兩回事。」

「你講就講，是按怎欲牽拖對阮阿爸遐去？而且，阮阿爸早就改筊矣！」

「伊若較早改咧，彼當陣阮阿母的醫藥費，就免我休學去做小工，阮嘉真著愛去紡織廠，趁錢來納矣！」

「所以，你是咧怪阮阿爸是毋？連我嘛予你怪參落去，敢是？」

逐擺見面，兩个人最後攏會像按呢氣怫怫。

特別是嘉雄，伊講出來的話，逐句都若刀若劍，共麗君的心鑿甲大空細裂，疼甲予麗君逐暝都睏袂去。

見若冤家了後，兩个人就會誠久無講話，最後攏是麗君落軟先敲電話予嘉雄。

後來，麗君心內的委屈愈來愈大，大甲予伊想欲放棄這段無算感情的感情。

「我想，你頂世人應該是有欠我，若無，親像我遮歹性地，我若你，早就越頭無欲插我矣。」

嘉雄今仔日早起，敲電話予麗君，佇電話中，伊對麗君按呢講，口氣是誠久毋捌聽著的溫柔。

彼時，拄好是報關行上無閒的時陣，麗君一面拍字，一面共電話挾佇肩胛頭，聽著按呢的話，拍字的彼雙手煞雄雄軟去，這句「咱是相欠債」的話，予麗君的心內話，哽佇咧嚨喉空，吞袂落去，嘛講袂出來。

嘉雄等誠久攏無聽著麗君的回應，就深深吐一口氣。

「你敢知影我上大的願望是啥物？」

「考牢台大法律系？趁大錢？娶好額人的查某囝？」

聽著麗君按呢應，嘉雄佇電話彼頭煞輕輕仔笑出來。

「你對我猶是無夠了解！未來，我若是有才調，我

想欲共咱草衙這个所在全部翻新，我講的毋是這馬政府所做的就地讓售，是欲合法起一个予咱會當做伙老的社區，我欲共咱所有的囡仔伴全部捒轉來遮蹛。」

「哪有可能？獨獨土地的問題就無法度解決！閣再講，現此時咱的囡仔伴攏散了了矣，你欲去佗位揣？而且，以後每一个人攏有家己的家庭，啥人欲佮你蹛做伙？」

「你看，阮爸母的婚姻敢毋是一場悲劇？我就是想無，兩个人結婚是有啥物好咧？吳美雲一聽著我按呢的計畫，就嚷講伊欲先占位，閣叫我愛留一間仔厝予伊蹛。你毋是嘛拍算無欲結婚？若按呢，時到至少有恁兩个會當陪我做伙老。」

嘉雄那講那笑，伊的笑聲，予麗君想起早前佇前鎮國中臨港線看火車的彼下晡，所以伊知影，現此時嘉雄的心內，定著已經做出決定矣。

「咧欲聯考矣！咱就暫時先莫見面，我袂敲電話予你，你嘛莫敲予我。」

「好！按呢嘛好！」

這一工若親像是麗君的歹日子，自透早接著嘉雄的這通電話了後，佇公司相連紲發生的代誌予伊規粒頭殼擤咧燒。

麗君先是報關單見拍見錯單[13]，閣袂記得和廠商去貨櫃場押運，連上簡單的匯票嘛予銀行退轉來。

主任規工激一箍面腔予麗君看，後來閣共伊叫出去罵。

「公還公，私還私，上班時間愛較專心咧！若欲談戀愛，規氣頭路辭辭咧，轉去佮恁男朋友鬥陣，莫出來

---

13 錯單：報關單是貨物通關的正式文件，所載事項不允許錯誤，也不容修正。經海關人員核對商業發票（Invoice）及包裝單（Packing List）後，若發現有登載不一的情形，會將報關單退回報關行，稱之為「錯單」。報關行的錯單率，早年在加工出口區，是廠家參考選擇報關行的依據，因此，當時每家報關行，都以零錯單為最主要的目標。

卸世卸眾！」

規工若糊仔糊牢咧的頭殼，一直到坐佇房間內的這個時陣，共所有的批看了後，麗君的心情才漸漸平靜落來。

想起今仔日，若毋是耀賢兄早前寫予家己的這一百張批猶留牢咧，心內遐濟拍結毬的所在，是欲按怎敧會開咧？

「麗君，你的電話。」

「喂！我林麗君，請問佗欲揣？」

月仔看著麗君接電話的時，規个人愣愣毋知咧想啥，予伊有淡薄仔煩惱。

「耀賢兄?!你轉來矣！」

對麗君歡喜甲想袂到的口氣當中，月仔知影，拄才伊心肝內煩惱的代誌，會當暫時先按下矣。

（四）王梨苦瓜雞

下晡三點半，佇西仔灣海水浴場入口的三樓尾，遮

有一間叫做「逸苑」的餐廳，可能是較無人知的款，現此時坐佇內底喇啉茶的人客，干焦耀賢佮麗君兩个人。

「這是包種茶佮烏龍茶，恁查查仔用，別項若閣有需要，才攉手叫阮就好。」

這位服務生穿一軀改良式的旗袍，聲音佮笑容攏誠溫柔，高雅的氣質就若親像一蕊當開的水仙花，予麗君看甲足欣羨。

耀賢斟一杯拄泡好的包種茶予麗君，嘛替家己倒一杯。

耀賢啉一喙茶了後，才文文仔笑，對麗君講：「伊是這个所在的經理。」

「伊是恁朋友喔？若無，你哪會知伊是經理？」

「阮讀高中的時就有熟似，後來去日本讀大學，伊嘛不時會寫批予我。隔轉年，伊考牢中山大學的中文系，便若有轉來，我就會來揣伊。彼時，伊就佇遮『打工』，後來伊畢業，就予救國團倩來佇遮管餐廳。」

麗君頷頭，閣看一改彼位有氣質的經理，愈看愈感

覺，親像伊這款的小姐，才是適合耀賢兄的人。

　　麗君彼工接到耀賢敲電話來，講伊佇衛武營的新兵訓練欲結束矣，佇落部隊進前，想欲約伊出來啉茶。

　　這通電話，無定著是麗君彼工唯一快樂的代誌，所以，伊連想都無想，隨就答應綴伊來遮啉茶。

　　坐佇倚窗仔邊的這一跡，看會著高雄港口排欲出入港的貨櫃船，遠遠佇外海，猶有規線的船隻停佇遐等，到甲這時，麗君才清楚家己逐日佇報關行咧無閒的有啥物意義。

　　除了一份比別人較好的薪水以外，其實，伊所做的是替無數叫袂出名的作業員，共in逐工所拚出來的成果，一字一字拍佇報關單裡，予全世界的人，攏看會著台灣綿爛的彼一面。

　　「你哪會無問我？是毋是佮彼个經理有交往過？若無，哪會遐爾仔清楚人的代誌？」

　　麗君蹔神去的心緒，予耀賢的聲挄轉來，看著伊彼粒拄擔無偌久的平頭，又閣感覺誠愛笑。

原來早前所看著彼粒膨獅獅的頭殼，有一半是去予頭毛占去的，害麗君一直誤會，叫是愛有耀賢遐爾仔大粒的頭殼，才有法度一直跳級讀起去。

耀賢看著麗君咧偷笑，感覺氣氛有較輕鬆，才敢開喙問。

「你哪會無緣無故，雄雄寫彼張批予我？」

「因為我袂當因為家己的私心，影響著你的前途。」

「哈！你是按怎會認為咱有批信的往來，就會影響著我的前途？」

「彼段日子，無論心內有任何的歡喜傷悲，我全會寫予你知，見寫都寫遐爾仔濟張，雖然我收著你的回批攏誠會歡喜，毋過，我想，你定著會感覺困擾。」

「你也毋是我，哪會知影我的感覺是啥？」

「而且，我發覺咱的序大人對咱有淡薄仔誤會，若因為按呢煞害著你選擇的機會，叫我以後是欲按怎還你會了？」

　　「哈哈！你是咧演連續劇是毋？這款新婦仔揀做堆的劇情，早就無流行矣！你猶佇心內搬這款戲，實在是有夠趣味的！」

　　看耀賢那講那笑，予麗君感覺誠見笑。

　　敢講，是家己自作多情？人耀賢兄根本都無彼款意思，是家己：「講一个影，偷生一个囝」，想傷濟去？

　　「其實，阮阿爸佮阿母會舞重耽去，上主要的原因，是因為有一改我系in來遮啉茶，in煞叫是這個經理是我的女朋友，閣不時叫我愛佮人先定落來。我誠無奈，毋才會清彩應講我若欲娶，愛揣親像隔壁麗君這範，啥人知影，後壁會生出遐濟代誌。」

　　「毋過，阿伯阿姆講了嘛有影，這位小姐確實佮你誠四配。」

　　「男女之間的感情，條件只不過是提來做參考爾，最主要的猶是雙方面的感覺。親像彼位小姐，雖然佮我誠有話講，可惜，我毋捌有去予伊電著的感受，嘛毋捌掛意伊，就算伊後來放帖仔予我，除了祝福，我全然無

別款想法。」

「電著……」

麗君喉裡咧喃，頭殼內又閣浮現陳嘉雄的形影。

「無錯，就是電著。彼工接著你的批，我的頭殼若親像去予雷公摃著仝款，完全無法度思考！早前寫遐濟張批予你，從來就毋捌去想過咱兩个人的關係；顛倒彼張批，煞予我艱苦幾若工，連去病院做實驗都無法度，我才知影家己已經跋落去矣。」

聽著有人對家己按呢表白，尤其是遮爾仔優秀、家己又閣敬重的一个人，照理來講，應該愛誠感動才是，猶毋過，這時的麗君煞干焦想欲逃避而已。

「你毋是捌講過我是剌查某？其實，你開破甲誠有道理，自彼當陣，我就決定這世人無欲結婚矣！尤其是這馬，阮阿母無我照顧袂當，更加無可能去考慮著婚姻的問題。」

聽麗君按呢講，耀賢的彼雙目睭，笑甲若親像秋天的月眉仝款。

　　「若講著結婚這件代誌，就算你現此時接受我的追求，後壁我猶有冬外的兵愛做，退伍又閣愛揣頭路，哪有可能隨俗你結婚？這點你免先煩惱起來囥！」

　　「毋過，我並無予你電著的彼款感覺。我想，這點一定愛對你講清楚，若無，就是咧耽誤你的感情。」

　　耀賢並無回應麗君所講的這段話，伊只是恬恬仔共彼泡包種茶對茶鈷倒出來，輕輕仔閣將另外彼包烏龍茶囥入去，才攄手叫彼个若水仙花的經理過來。

　　「請你閣提一鈷滾水來予阮。」

　　「天欲暗矣！敢有欲先點兩項仔菜來砝腹？」

　　「好啊！先來一盤五香豆干，閣來兩份苦瓜封。」

　　「喔？你今仔日無欲點王梨苦瓜雞？早前你來，攏有點這項，我叫是你誠愛食呢！」

　　「你的記持有夠好！毋過，你敢無發覺，自舊年開始，我就無閣點這項矣！」

　　這句：「無閣點過這項矣」，予麗君若親像去摸著早前日光燈的開關，彼款無意中去予電著的感覺，害伊

驚一趒足大趒。

「你哪會知影我愛食苦瓜封？」

「你袂記得矣是毋？你捌佇批裡講起細漢佮恁阿爸約束的代誌，伊為著跋筊，煞袂記得轉來食苦瓜封。你閣講，若恁阿爸無改筊，你這世人，就無欲閣食苦瓜封矣。」

「所以，自從我寫彼張批予你了後，你因為傷艱苦，就無愛閣食王梨苦瓜雞，是毋？」

聽著麗君按呢問，耀賢對家己的揹仔內底，提出一罐看起來有淡薄仔歷史的王梨豆醬仔，笑紋愈來愈深。

「阮阿母講，你有答應欲煮王梨苦瓜雞予阮食，佇你無來煮進前，我袂閣再食這項。」

總是聽人咧講：「就算海水會焦，石頭會爛，對你的感情永遠袂變卦。」只不過，高雄的壽山，幾百年來，全款猶是山；西子灣的這片海，到今猶原是海，顛倒來來去去的有情人，早就毋知換過幾若輪去矣。

無人會知影，逐日來西子灣看夕陽的有情人，敢閣

會記得早前對方講過的話？敢會因為伊彼句話來改變家
己的想法佮做法？別人是按怎，麗君毋知影，毋過，伊
現此時了解，這个世間上，至少有一个人，會共伊講過
的話囥踮心內。

　　日頭漸漸落海矣，五彩的光線共西子灣的海抹粉點
紅，佇天頂等規工去的彼粒星，一直到今才願意予人
看著伊閃爍的光線，麗君知影這粒星的名叫做「天狼
星」，是對地球看，上蓋顯目的一粒星。

　　從細漢，這粒「天狼星」就對麗君有誠大的意義，
因為便若伊搪著痛苦佮無助的時，只要攑頭起來看，心
內就會得著安慰佮力量，就若親像耀賢寫予家己的彼一
百張的批仝款。

　　麗君從來毋捌親像這馬遮爾仔歡喜過，因為伊發
覺，這粒金鑠鑠的「天狼星」，若璇石，已經出現佇咧
耀賢充滿溫暖的目睭內。

　　「耀賢兄，另日仔我若準備好，才來煮王梨苦瓜雞
予你食。」

【煞鼓】

「咚鏘、咚鏘、咚咚鏘咚鏘咚鏘⋯⋯」

新草衛的五千宮已經誠久無遮爾仔鬧熱矣，到今猶會倩歌仔戲來還願的，可能干焦賰武雄仔in翁仔某爾。

「早前你毋是講，若恁良仔有人建菁仔的一半，你就欲佇五千宮請神明看大戲。現此時恁良仔改頭換面，連工專都去予伊考著！煞干焦倩人來放電影爾，啊！無意無思啦！」

昆龍仔坐佇戲棚跤，那看歌仔戲那共俊生仔剾洗，俊生仔嘛激皮皮，管待別人講啥，伊總是有伊的理由。

「頂擺我倩人放的彼齣電影足有名的呢！若去戲院看愛開袂少錢，這敢無算大戲？」

俊生仔自從選國大代表無牢了後，對政治活動就較㤗鬏矣，尤其後來有議員注心佇新草衙的問題，伊更加毋敢閣插手囉！

原本猶有咧喃講欲佮一寡有頭有面的朋友成立合作銀行，後來了解著彼款生理，毋是伊這款跤數有法度沐的，欲伸出去的龜跤就按呢勼轉來矣。

「而且，你共看，就算武雄仔倩的這團遮有名，是有偌濟人來看？這馬的人攏嘛佇厝看電視，總比來遮予蠓叮較贏！」

「這你就毋捌矣！人這才是誠意！武雄仔講若無王爺公有靈有聖，伊哪有才調閣共伊這間厝閣買轉來咧？閣再講，現此時連土地都攏家己的，無倩上有名的歌仔戲團來答謝哪會當？」

「講了嘛有影，咱新草衙上予人想袂到的三項代誌：阮良仔變好囝，義仔改姕，草衙竟然有法度就地讓售，這三項全齊予我看著，這世人誠實有價值矣！」

「恁良仔會變好囝，你確實愛感謝義仔。」

「哪會是按呢？是義仔會改笺，伊愛感謝阮良仔才著。」

「你講這哪有道理？丈人爸愛感謝囝婿？是著抑毌著？若毌是義仔in如仔管恁良仔管會牢，恁良仔早就龍不龍、獸不獸去矣！」

月仔雖然目睭看台仔頂咧搬的《王寶釧苦守寒窯十八年》，耳空嘛咧聽昆龍仔佮俊生仔咧答喙鼓，毌過，佇伊的心內有一齣大戲嘛當咧搬。

伊共踮佇草衙彼十外冬的記持，自頭到尾，詳細仔詳細閣共伊想一擺，感覺家己袂輸王寶釧仝款，終其尾，猶是等著班師回朝的薛平貴，嘛予伊有出頭天的這一工。

離五千宮無偌遠的這一頭，佇武雄仔拄翻新無偌久的門口埕，建菁跔佇遐當咧烘肉。

良仔透早才去漁港買一箱透抽過來爾，暗頭仔載如仔做伙來的時，又閣掐一籠帶殼的蚵仔來。

「阮如仔講欲食烘蚵仔，害我刁工駛車去興達港揣，佳哉揣有，等一下恁烘爐小借我一下，看我展烘蚵

仔的工夫予恁看。」

「你喔！干焦出一支喙啦！食飯坩中央的人，閣欲烘予人食？」

嘉真、雅惠佮麗君聽甲誠愛笑，逐个人全無閒規暗去矣，攏有款家己的手路菜，現此時當咧等佇台北的信榮仔駛車轉來，就欲開桌矣。

「恁看！我載啥人來矣？」

信榮仔彼台Toyota新點點，看起來應該拄牽無偌久，伊滿面春風先行出車，前座落車的是一个打扮甲足嬌的查某囡仔。

「吳美雲！你來矣！」

建菁一看著美雲，就共手裡的鋏仔放咧，隨傱過去。

美雲一支喙翹甲會當吊豬肉，共家己的手捏牢咧，一拳就對建菁的胸坎舂落去。

「黃建菁（tsing），『見』擺看著你，我就想欲『舂』！你有夠無意思！轉來高雄也無通知一下！若毋

是我面皮激厚厚，硬叫信榮兄載我來，到今，我猶毋知恁厝蹛佇佗！」

「我是想講，我連鞭就欲去做兵矣，等我確定佇佗位落部隊了後，才欲佮你聯絡啦。」

「橫直你就是無共我當做一回事！人攏講你是條直，我看，你是刁故意的！」

「莫受氣啦！等一下我歕烏笛仔予你聽，清彩歌攏在你點，算我共你賠罪。」

「按呢毋才差不多！若無，以後我『見』攏看著你，攏欲『眷』一下！」

麗君看著這兩个人的模樣，才知影原來從彼時到今，伊心內的彼點仔礙虐，全部攏是家己想出來的。

看著嘉雄對後座行出來，麗君誠平靜，勻勻仔行到伊的面頭前。

「台灣大學是毋是佮你所想的仝款？」

「比我想的較恐怖，平常時仔攏無看著人咧讀冊，毋過老師若開喙，同學攏知的智識，干焦我毋知爾，害

我這馬欲去上課進前，攏愛先揣足濟資料看過。」

「啥人叫你欲讀法律系？恁遐的同學，本成就是全台灣一粒一的菁英，你有法度入去遐讀冊，本底就會受著誠大的壓力，這嘛表示你確實誠厲害。」

「你咧？敢猶閣一直咧加班？」

「是啊！毋過我拍算欲換較輕可的頭路，按算暗時欲去補習，明年考大學。」

「恁阿母的醫藥費毋是袂少，按呢敢拍會平？」

「耀賢兄共我講，誠緊咱台灣就欲有健康保險矣！時到親像阮阿母這款慢性病，政府攏照顧會著，叫我免傷煩惱，專心準備考試就會當矣！」

「恁敢是咧交往？看起來伊對你誠好。」

「交往？阮是一直攏有咧寫批，伊猶咧做軍醫誠無閒，阮攏無想甲遐遠去。」

「伊是一个比我較可靠的人，家境佮條件嘛比我好濟咧，你愛把握。」

「有人講我是一片免人顧就會生甲足好的咸豐草，

所以環境佮條件，從來就毋是我揀對象的考量，而且，
到今我猶是全款的想法：我無想欲結婚，我欲追求我的
夢想。」

「你的夢想是啥？起樓仔厝？趁大錢？」

「你確實嘛無了解我！我想欲考師範大學，無做著
老師，我誠實足毋甘願。」

「咱兩个人真正是互相無了解，到今我才知影，原
來你的夢想是做老師。」

「行啦！我今仔日有煮王梨苦瓜雞喔！人中畫耀賢
兄已經有先認證過矣！講伊毋捌食過遮爾仔好食的。咱
若傷慢入去，等一下予阮如仔食了了，你就無通食！人
伊這馬是一个人食、兩个人補呢！」

嘉雄看著麗君充滿自信的笑容，早前家己捌講過的
夢想，毋知伊到今猶會記得無？

「總有一工，我欲共咱新草衙全部翻新，毋是現此
時政府所做的就地讓售，是欲起一个合法予咱會當做伙
老的社區，閣共咱所有的囡仔伴，全部揣轉來遮蹛！」

九 歌 文 庫 　　1 　3 　9 　3

錦荔枝的滋味

國家圖書館出版品預行編目 (CIP) 資料

錦荔枝的滋味 / 洪淑昭著 . -- 初版 . -- 台北市 : 九歌
出版社有限公司,2022.11
　面 ; 　公分 . -- (九歌文庫 ; 1393)
ISBN 978-986-450-495-4(平裝)

863.57　　　　　　　　　　　　　111016036

作　　者 —— 洪淑昭
校　　訂 —— 林玉麗、林姿君
責任編輯 —— 張晶惠
創 辦 人 —— 蔡文甫
發 行 人 —— 蔡澤玉
出　　版 —— 九歌出版社有限公司
　　　　　　台北市 105 八德路 3 段 12 巷 57 弄 40 號
　　　　　　電話 / 02-25776564・傳真 / 02-25789205
　　　　　　郵政劃撥 / 0112295-1

九歌文學網　www.chiuko.com.tw

印　　刷 —— 晨捷印製股份有限公司
法律顧問 —— 龍躍天律師・蕭雄淋律師・董安丹律師
初　　版 —— 2022 年 11 月
定　　價 —— 320 元
書　　號 —— F1393
ISBN —— 978-986-450-495-4
　　　　　　9789864505012 (PDF)

本書榮獲　高雄市政府文化局 2022 書寫高雄出版獎助
　　　　　高雄市政府文化局 2020 書寫高雄文學創作獎助計畫